사라져가는 것들
잊혀져가는 것들 2

사라져가는 것들
잊혀져가는 것들 2

떠나가는 것은 그리움을 남기네

2009년 9월 10일 초판 1쇄 발행
2010년 2월 25일 초판 2쇄 발행

지은이 : 이호준
펴낸이 : 김영애
펴낸곳 : 다할미디어

등록일 : 1999년 11월 1일
등 록 : 제20-0169호

주 소 : (우) 137-903
         서울시 서초구 잠원동 22-10번지 성원빌딩 2층
         http://www.dahal.co.kr
전 화 : (02) 3446-5381~3
팩 스 : (02) 3446-5380
e-mail : dahal@dahal.co.kr

ISBN : 978-89-89988-67-0 03810

값 12,000원

* 지은이와의 협의하에 인지는 생략합니다.
* 이 책은 관훈클럽신영연구기금의 도움을 받아 저술 출판되었습니다.

사라져가는 것들
잊혀져가는 것들 2

떠나가는 것은 그리움을 남기네

글·사진 이호준

다올미디어

들어가는 글

〈사라져가는 것들 잊혀져가는 것들—그때가 더 행복했네〉가 나
온 지도 벌써 1년이 지났습니다. 지난 한해도 쉴 새 없이 이 땅을 누비고 다녔습니
다. 그 흔적들을 모아 또 하나의 부끄러운 기록을 내놓습니다.

2008년은 어려운 일도 많았지만 보람도 컸던 해였습니다. 〈사라져가는 것들
잊혀져가는 것들〉이 '책따세(책으로 따뜻한 세상 만드는 교사들) 추천도서', '올해의 청소년
도서', '문화체육관광부 우수교양도서'에 선정되는 과분한 영광을 안았습니다. 많은
분들로부터 격려도 받았습니다. 어느 분은 전화로, 어느 분은 편지로, 또 어느 분은
책을 한보따리 사들고 와서 서명을 부탁하기도 했습니다.

하지만 절망도 늘 제 발걸음과 함께 했습니다. 아무리 부지런히 쫓아다녀도
이 땅 위에서 사라지는 것들을 모두 기록할 수는 없었습니다. 그만큼 많은 것들이
우리와 이별을 서두르고 있었습니다. 꼭 이야기를 들어야 했던 어느 노인을 찾아갔
을 땐 이미 이 세상 사람이 아니었습니다.

그래서 더욱 게으름을 피울 수 없었습니다. 사실의 '기록'에서 그치지 않고

4

가슴에 울림이 되는 '이야기'를 전하려고 고심했습니다. 어떤 소재는 할머니가 손자에게 들려주는 옛날이야기처럼, 어떤 소재는 독자가 직접 가서 보는 것처럼 현장감 있게 기록하려고 애썼습니다.

　　구성은 4묶음으로 나눴습니다. 제1묶음은 '외나무다리 건너 고향집엔'이란 테마 아래 외나무다리나 징검다리는 물론 흙집·사립문·공동우물 등의 정겨운 풍경과 그 시절 우리네가 살아왔던 모습을 진솔하게 들려드립니다. 제2묶음은 '품앗이, 그리고 새참의 추억'이라는 테마로 묶어 쟁기질·손모내기·벼 베기·바심과 각종 길쌈 등 전국을 돌아다니며 취재하고 인터뷰한 결과물을 전합니다. 제3묶음은 '월급봉투, 그 안에 담긴 눈물'입니다. 장발단속처럼 이미 퇴색한 풍경은 물론 떠돌이약장수 등 시대의 아이콘들이 낡은 사진첩처럼 펼쳐집니다. 제4묶음은 '봉숭아 빛 곱게 물든 저녁'이라는 테마입니다. 소녀들의 봉숭아 물들이기부터 연을 날리고 썰매를 타던 개구쟁이들의 모습, 금줄이나 지게에 담긴 사연들이 소개됩니다.

　　아울러 '기행수첩'이라는 이름으로 글의 소재가 있는 곳을 찾아갔을 때 느
낀 점이나 여행 정보도 전해드립니다. 책을 읽고 직접 현장을 찾아가보려는 분들에
게 도움이 될 것으로 믿습니다.

　　두 번째 책을 내면서도 여전히 미흡한 기록이라는 자괴감을 떨쳐버릴
수 없습니다. 하지만 스스로를 더욱 채찍질하는 것으로 부끄러움을 덜어볼 생각입
니다. 이 책을 책꽂이에 꽂는 순간, 저는 또 배낭을 메고 문을 나설 것입니다. 세 번
째 기록을 위해, 비에 젖은 산골짜기를 서성거리거나 황금빛 가득 쏟아지는 길을
터벅터벅 걸어갈 것입니다.

　　책이 나오기까지 도와주신 많은 분들께 엎드려 감사드립니다.

차 례

품앗이, 그리고 새참의 추억

월급봉투, 그 안에 담긴 눈물

봉숭아 빛 곱게 물든 저녁

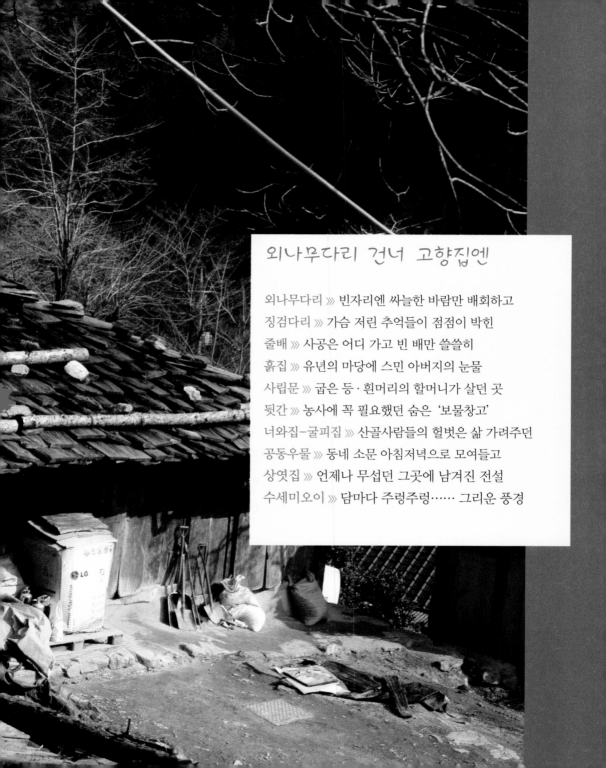

외나무다리 건너 고향집엔

외나무다리
빈자리엔 싸늘한 바람만 배회하고

초겨울이지만 비끄내(사천=斜川)에서 올라온 바람은 바늘쌈지라도 품은 듯 맵다. 길게 뻗은 냇둑 위, 미루나무 곁에 한 사내가 서 있다. 서른 두서넛쯤 되었을까? 얼굴에 그려진 세월의 굴곡이 유난히 깊어 나이를 가늠하기 쉽지 않다. 천적을 앞에 둔 고슴도치처럼 한껏 몸을 옹송그리고 있지만 바람은 가차 없이 옷깃을 헤집는다. 바람의 심술이 아니라도 사내의 입성은 계절이 무색할 만큼 허술하다. 얇은 셔츠와 가을에나 어울릴 만한 점퍼 하나가 고작이다. 어깨에는 낡은 비닐 가방 하나가 매달려 있다. 언뜻 봐도 오른손은 온전한 모습이 아니다. 엄지는 멀쩡한데 나머지는 절반씩만 남아있다. 담배를 몇 모금 빨던 사내가 쿨럭쿨럭 기침을 한다. 기침은 좀처럼 멈추지 않는다. 사내의 허리가 새우처럼 흰다.

냇가에는 살얼음이 뾰족뾰족 흰 이빨을 드러내놓고 있다. 시멘트다리 하나가 내를 가로질러 놓여 있다. 눈길이 다리에서 멎는 순간, 사내의 얼굴이 무참하게 일그

러진다. 믿을 수 없다는 듯 망연한 표정이더니 결국 고개를 떨어트리고 만다. 눈물 한줄기가 뺨을 타고 흘러내린다. 꽤 오랜 시간이 지나고 사내가 고개를 든다. 눈은 여전히 젖어있지만 입꼬리에는 미소 한 가닥이 살짝 걸쳐져 있다. "그래, 저기였지. 그땐 정말 죽는 줄 알았어." 사내의 시선이 외나무다리가 있던 자리에 오래 머문다.

아이는 전날 저녁부터 심한 감기몸살에 시달렸다. 열이 펄펄 끓고 목이 부어서 침을 삼키기조차 어려웠다. 하지만 학교에 빠지면 큰일이라도 나는 줄 아는 아이인 지라 기어코 책보를 메고 집을 나섰다. 겨울이 오고 있다는 걸 알리고 싶어 안달이 라도 난 듯, 찬바람이 유난히 극성을 떠는 아침이었다. 마당가의 감나무 빈가지가 무당 손에 잡힌 신대처럼 연신 몸을 떨었다. 학교 가는 길의 가장 큰 난관은 비끄내 를 건너는 것이었다. 그리 넓지는 않지만 물이 제법 많은 내였다. 내를 건널 수 있는

수단은 외나무다리가 전부였다.

아이가 다리머리에 다다랐을 무렵, 다른 아이들은 모두 학교에 간 듯 바람만 배회하고 있었다. 아이에게는 평소에도 무서운 외나무다리였다. 다리 위에 올라서기만 하면 이상하게 어지럽고 다리가 후들거렸다. 그래도 그냥 돌아갈 수는 없는 일. 아이는 조심스럽게 다리 위로 걸음을 옮기기 시작했다. 감나무 가지를 흔들고 냇둑의 미루나무에 매달려서 놀다온 바람이 거세게 아이를 떠밀었다. 그러잖아도 온몸을 태울 것 같은 열로 몸을 가누기 힘든 판에, 바람까지 심술을 부리니 죽을 맛이었다. 중간에 있는 비컨다리(마주 오는 사람이 서로 비켜갈 수 있도록 중간에 만들어놓은 공간)를 지났을 무렵이었다. 돌풍으로 변한 바람이 휘익~ 하고 아이의 몸을 때렸다. 순간 작은 몸이 기우뚱하더니 다리 밑으로 곤두박질쳤다. 뼈까지 시린 찬 기운이 전신을 감쌌다는 게 마지막 기억이었다.

"그땐 참…… 놀림도 많이 받았는데. 무릎까지밖에 잠기지 않는 물에 빠져 죽을 뻔했다고……." 사내의 혼잣말이 바람소리에 묻힌다. 회상에 잠겨있던 사내가 흠칫하더니 주변을 둘러본다. 자신이 지금 어디에 있는지 새삼 실감한 모양이다. 침묵 속에 깊게 가라앉아있던 동네 쪽에서 노인 하나가 걸어온다. 잠시 망설이던 사내가 뛰다시피 냇둑을 내려가더니 다리 밑으로 몸을 숨긴다. 세상이 다시 고요 속에 눕는다. 사내는 다리 아래에서 나오는 대신 주변에서 주섬주섬 땔감을 모은다. 지난여름 큰물이 싣고 내려와 걸쳐두고 간 나뭇가지들이 여기저기 흩어져 있다. 어느 정도 나무가 쌓이자 조심스럽게 불을 붙인다. 따다닥 소리와 함께 불길이 잘 마른 잔가지들

을 금세 삼켜버린다. 온기가 퍼지자 사내가 무릎을 두 팔로 끼고 앉는다.

　외나무다리 주변에는 늘 많은 일이 일어났다. 다리를 놓는 것도 만만한 일은 아니었다. 큰물이 지나갈 때마다 떠내려가서 보수하거나 새로 놓아야 했다. 다리를 놓는데 특별히 기술이 필요한 건 아니었다. 통나무를 반으로 잘라서 걸쳐놓는 게 고작이었다. 거칠고 투박할 수밖에 없는 외나무다리는 늘 무섭고 위태로웠다. 다리를 건너다보면 흔들흔들 춤을 추는 때도 많아서 바람만 세게 불어도 냇물로 떨어지기 일쑤였다.

　순복이 아버지가 지게를 진 채 다리 아래로 떨어졌던 건 아이가 물에 빠진 이듬해 봄이었다. 멀리 삼봉산까지 나무하러 갔던 순복이 아버지가 나무를 한 짐 지고 비끄내 외나무다리를 반쯤 건넜을 때였다. 갑작스런 돌풍이 나뭇짐을 때리면서 별 저항도 못해보고 냇물로 추락하고 말았다. 지게를 진 채였으니 꽤 위험한 상황이었다. 멋쟁이 최 주사가 냇물에 빠졌던 건 한여름이었다. 여름엔 어지간하면 바지를 둥둥 걷어 올리고 내를 첨벙첨벙 건너건만, 최 주사에게는 당치도 않은 일이었다. 논을 보러 갈 때도 흰 모시옷 차려입고 백옥처럼 하얀 고무신에 단장까지 짚어야 하는 그가 물에 들어갈 리 없었다. 그날은 읍내에서 마신 술 몇 잔이 화근이었다. 얼큰한 걸음으로 시조인지 타령인지 흥얼거리다가 한순간 다리에서 떨어지고 말았다. 다른 사람 같으면 툴툴 털고 껄껄 웃으면 그만이었겠지만, 그는 그 일을 치욕으로 여겼다. 그해 가을 추석 땐, 앵두꽃 피던 봄날에 담봇짐을 싸서 서울로 갔던 순이가 양산에 '삐딱구두'로 멋을 내고 돌아오다가 다리 위에서 곤두박질치기도 했다.

그렇지만 아이들에게는 비끄내와 외나무다리가 천국이었다. 여름에는 물장구치거나 물고기를 잡고, 겨울이면 썰매를 타고 팽이도 치며 놀았다. 콩서리, 참외서리, 닭서리…… . 해마다 외나무다리 주변에는 아이들의 추억이 차곡차곡 쌓여 갔다.

땅거미가 짙어질수록 모닥불이 곱게 빛난다. 싸락눈이 내리는 모양이다. 싸르락싸르락 소리가 할머니 무릎을 베고 듣던 옛이야기처럼 정겹다. "그날도 눈이 내렸는데…… 그 아이는 어디 가고…… ." 혼잣말을 하던 사내가 한쪽에 밀쳐두었던 가방을 열더니 무언가 꺼낸다. 소주병이다. 뚜껑을 따더니 단숨에 반 가까이를 비워낸다. 병을 내려놓는 사내의 눈가가 붉게 물들어 있다.

소년이 된 아이가 집을 떠난 건 겨울이었다. 중학교를 졸업하던 해였다. 고등학교에 진학하고 싶었지만 아버지가 허락하지 않았다. "한글 깨우치고 중학교 졸업했으면 과분한 줄 알거라." 이제부터는 자신을 따라 농사를 지으라는 것이었다. 따지고 보면 영 이해할 수 없는 상황은 아니었다. 손바닥만 한 논밭에 온 식구가 기대고 사는 형편에 중학교에 다닌 것도 대단한 일이었다. 하지만 공부를 하고 싶다는 열망은 말릴수록 더욱 뜨거워졌다. 일을 저지르면 어떻게 되겠지 하는 심정으로 몰래 고등학교 시험을 쳐서 합격했지만 아버지의 마음을 조금도 움직일 수 없었다.

그런 아버지에게 대들다 손찌검을 당한 날, 뜬 눈으로 밤을 새운 소년은 새벽에 집을 나섰다. 속옷이나 양말 나부랭이가 든 작은 보따리 하나가 가진 것의 전부였다. 날이 밝기도 전에 더듬더듬 외나무다리를 건너면서 소년은 몇 번이나 중얼거렸

다. 반드시 성공해 돌아오리라. 그래서 이 외나무다리를 당당하게 건너리라. 아버지를 후회하게 하리라. 온 천지에 눈이 내리고 있었다.

　도시는 냉혹했다. 무작정 흘러들어온 소년 하나를 돌볼 만한 온기는 어디에도 남아 있지 않았다. 돈을 벌어 학교도 다니고, 크게 성공해서 자랑스럽게 외나무다리를 건너겠다는 결심 따위는 누구도 관심이 없었다. 학교는커녕 끼니를 때우는데도 목숨을 걸어야할 형편이었다. 굶기를 밥 먹듯 했다. 어렵게 들어간 공장에서 한숨을 돌리나 했는데, 잠시의 평화는 엄청난 불행을 감추고 있었다. 어느 날 작업 중에 기계에 오른손이 말려들어 가고 말았다. 엄지만 남기고 모든 손가락을 잃은 소년 앞에는 길고양이의 삶보다 더욱 비참한 날들이 기다리고 있었다. 보상이라고 몇 푼 받은 건 상처가 아물 무렵에 벌써 바닥을 보이기 시작했다. 그때부터 그는 도시의 잉여인간으로 떠돌았다. 늘 고향을 떠올렸지만 돌아갈 수 없었다. 노동력을 상실한 사내는 농사일에도 쓸모가 없었다. 그리고 그런 손으로 아버지 앞에 나선다는 건 죽기보다 싫었다.

　목숨 하나 떠메고 가기 위해 아등바등 보낸 세월의 끄트머리에서 만난 건 몹쓸 병이었다. 설령 돈이 있다고 해도 손을 대기 어려울 정도로 몸이 망가져 있었다. 죽음의 그림자는 늘 그의 언저리를 맴돌았다. 밤마다 까무러치듯 잠이 들고, 그 잠 속에서 똑같은 꿈을 꾸었다. 외나무다리가 있었다. 그 다리 위에 서 있는 그는 행복했다. 빠져서 허우적거렸던 기억조차 따뜻하게 가슴을 적셨다. 순복이 아버지가 지게를 지고 떨어졌던 외나무다리, 멋쟁이 최 주사에게 치욕적이었던 외나무다리, 순이의 '삐딱구두'를 부끄럽게 만들었던 외나무다리…… 그런 풍경들이 파노라마처럼 펼쳐지는 꿈속에서 그는 손가락이 멀쩡한, 꿈 많은 아이였다. 살던 굴 쪽으로 머리를 두고 죽는다는 여우처럼, 마지막으로 외나무다리를 건너고 싶었던 사내 하나가 어느 날 비닐가방을 메고 도시를 떠났다.

이제 사방이 온통 어둠이다. 사내가 어깨를 들썩이며 밭은기침을 한다. 기침에 메마른 쇳소리가 섞여 있다. 모닥불이 조금씩 스러지기 시작하더니 결국 빨간 점 몇 개만 남긴다. 불이 꺼지길 기다렸다는 듯, 훨씬 더 날카롭게 무장한 추위가 다리 밑으로 진군한다. 무릎사이에 얼굴을 묻은 사내는 미동도 없다. 밤은 깊어가고 사박사박 내린 눈이 세상에 하얀 홑이불을 덮는다.

기행수첩

제가 본 가장 멋있는 외나무다리는 경북 영주시 문수면 수도리 무섬마을에 있는 다리였습니다. 무섬은 '물 위에 떠 있는 섬'을 뜻하는 우리말이랍니다. 무섬마을은 낙동강 지류인 내성천과 영주시에서 내려온 영주천이 만나 휘돌아 흐르는 아름다운 곳입니다. 이 마을은 외나무다리가 아니어도 볼 것이 많습니다. 반남 박씨와 예안 김씨의 집성촌으로 수백 년 역사와 전통이 고스란히 남아 있습니다. 가옥 중 30여 동은 전통가옥이고, 그 중 16동은 100년이 넘은 조선시대 후기의 전형적인 사대부 가옥입니다. 그중 해우당고택 등 9점은 경상북도문화재자료와 민속자료로 지정돼 있습니다.

마을 앞을 흐르는 내성천은 넓으면서도 깊지 않습니다. 물도 비교적 따뜻하고 해수욕장 못지않은 백사장이 펼쳐져 있어 아이들이 놀기에도 그만이지요. 외나무다리는 전시용으로 만들어진 게 아니라 지금도 쓰이고 있는 '현역'입니다. 그래서 더욱 의미가 있지요. 다리가 꽤 길어서 중간에 '비켠다리'도 만들어 놓았습니다. 제가 찾아갔던 날, 한복 곱게 차려입은 어르신이 다리를 건너고 있었습니다. 마치 모델이라도 되어 주듯 천천히 말이지요……

징검다리
가슴 저린 추억들이 점점이 박힌

소년은 개울가에서 소녀를 보자 곧 윤 초시네 증손녀(曾孫女)딸이라는 걸 알 수 있었다. 소녀는 개울에다 손을 잠그고 물장난을 하고 있는 것이다. 서울서는 이런 개울물을 보지 못하기나 한 듯이.

벌써 며칠째 소녀는, 학교에서 돌아오는 길에 물장난이었다. 그런데, 어제까지 개울 기슭에서 하더니, 오늘은 징검다리 한가운데 앉아서 하고 있다.

소년은 개울둑에 앉아 버렸다. 소녀가 비키기를 기다리자는 것이다.

요행 지나가는 사람이 있어, 소녀가 길을 비켜 주었다.

- 황순원의 〈소나기〉 중에서

이 땅 위에 생겨난 마을은, 어느 곳이나 비슷비슷한 풍경을 품고 있었다. 마을 뒤로 나지막한 산들이 어깨를 걸고 달리고, 앞으로는 작든 크든 내(川) 한 줄기가 느릿느릿 흘러내렸다. 그리고 그 산자락을 따라서, 산을 닮아 둥글둥글한 초가집들이

24

점·점·점 들어서 있었다. 물이 생명의 근원이라는 사실을 새삼 강조할 필요도 없이, 농경을 기반으로 하는 촌락이 형성되려면 없어서는 안 될 요소가 강 또는 내였다. 물이 흘러야 논밭을 적시어 농사를 짓고 물고기도 잡으며 살아갈 수 있었다.

그렇게 마을 앞을 흐르는 내들은 한 가지 공통점이 있었다. 바로 징검다리였다. 큰 강에는 나룻배나 줄배가 오가고 다리를 놓기도 했지만, 그리 깊지 않은 내에는 대부분 징검다리를 놓았다. 징검다리는 큰 돌을 사람의 보폭에 맞게 듬성듬성 놓아 내를 건널 수 있게 한 가장 원시적인 다리형태다. 과거에는 이 징검다리가 사람과 사람이 서로 소통하고 왕래하기 위한 가장 기본적 요소였다. 마을사람들이 장에라도 가려면 이 징검다리를 건너야 하는 것은 물론, 냇물이 나누어놓은 이 마을과 저 마을을 이어주는 역할도 했다.

다음 날부터 좀 더 늦게 개울가로 나왔다. 소녀의 그림자가 뵈지 않았다. 다행이었다.

그러나, 이상한 일이었다. 소녀의 그림자가 뵈지 않는 날이 계속될수록 소년의 가슴 한 구석에는 어딘가 허전함이 자리 잡는 것이었다. 주머니 속 조약돌을 주무르는 버릇이 생겼다.

그러한 어떤 날, 소년은 전에 소녀가 앉아 물장난을 하던 징검다리 한가운데에 앉아 보았다. 물 속에 손을 잠갔다. 세수를 하였다. 물 속을 들여다보았다. 검게 탄 얼굴이 그대로 비치었다. 싫었다.

소년은 두 손으로 물 속의 얼굴을 움키었다. 몇 번이고 움키었다. 그러다가 깜짝 놀라 일어나고 말았다. 소녀가 이리로 건너오고 있지 않느냐.

'숨어서 내가 하는 일을 엿보고 있었구나.' 소년은 달리기를 시작했다. 디딤
돌을 헛디뎠다. 한 발이 물 속에 빠졌다. 더 달렸다.

– 황순원의 〈소나기〉 중에서

징검다리가 영구적인 다리는 아니었다. 큰물이 한번 지나고 나면 돌이 저만치 휩
쓸려 내려가거나 위치가 들쑥날쑥해지기 일쑤였다. 그래서 물이 빠진 뒤에는 동네
사람들이 함께 모여 징검다리를 보수했다. 아침에 학교 가는 아이들이나 장에 나가
는 어른들이 건너야 할 다리기 때문에 미룰 수 없는 일이었다.

강이나 내는 아이들에게 좋은 놀이터였다. 특히 여름이면 종일 물속에서 살다시
피 했다. 내의 수심이 일정한 게 아니라 둠벙처럼 꽤 깊은 곳도 있고 넓고 얕게 흐르
는 곳도 있어서 지루한 줄 몰랐다. 아이들은 그곳에서 물장구도 치고 자맥질도 했
다. 또 수초 사이에 손을 넣어 물고기를 잡았다. 손이 빠른 아이들은 금세 한 꿰미를
잡아냈다. 조금 큰 아이들은 집 장독에서 고추장을 몰래 가져다가 매운탕을 끓이기
도 했다. 또 아예 내 한쪽을 막아 물을 퍼내고 그 안에 있는 물고기를 통째로 잡기도
했다. 물속에서 놀다가 지치거나 추워지면 징검다리 위에 나란히 앉아 옥수수서
리·수박서리를 모의하기도 했다. 오랜 세월 사람들의 발길에 단련돼 검게 빛나는
징검다리는 넉넉한 품으로 아이들을 감싸 안았다.

"윤 초시 댁도 말이 아니야, 그 많던 전답을 다 팔아 버리고, 대대로 살아오던
집마저 남의 손에 넘기더니, 또 악상까지 당하는 걸 보면……." 남폿불 밑에서

28

바느질감을 안고 있던 어머니가, "증손(曾孫)이라곤 계집애 그 애 하나뿐이었지요?"

"그렇지, 사내 애 둘 있던 건 어려서 잃어버리고……." "어쩌면 그렇게 자식복이 없을까."

"글쎄 말이지. 이번 앤 꽤 여러 날 앓는 걸 약도 변변히 못써 봤다더군. 지금 같아서 윤 초시네도 대가 끊긴 셈이지. …… 그런데 참, 이번 계집앤 어린 것이 여간 잔망스럽지가 않아. 글쎄, 죽기 전에 이런 말을 했다지 않아? 자기가 죽거든 자기 입던 옷을 꼭 그대로 입혀서 묻어 달라고……."

– 황순원의 〈소나기〉 중에서

강이나 내가 늘 어머니 품처럼 부드러운 건 아니었다. 큰 비라도 내리면 악마처럼 무섭게 변했다. 시뻘건 흙탕물은 세상을 삼킬 듯 쿵쾅거리며 대지를 달렸다. 둑을 무너뜨려 애써 가꾼 벼를 휩쓸고 지나는가 하면, 다 익은 과일이나 돼지·닭 같은 가축들을 쓸어 가기도 했다. 물은 가끔 사람도 삼켰다. 특히 아이들이 많이 희생되었다.

산에 나무가 별로 없던 시절, 집중호우가 내리면 냇물이 눈 깜짝할 사이에 불어났다. 비가 많이 올 땐 선생님들이 하교를 못하게 통제하지만 몰래 빠져나오는 아이들이 있기 마련이었다. 내에 물이 불어있어도 매일 다니던 길이니, 아이들은 설마 하는 마음으로 간당간당 머리만 남은 징검다리에 올라서고는 했다. 그러다 물은 계속 차고, 중간쯤에서 어지러워진 아이가 발을 헛디디는 순간 비명도 못 지르고 빨려 들어갔다. 물이 빠진 다음 수십 리 떨어진 하류 쪽에서 몰라보게 변해버린 시신을 건지기도 하지만 영영 찾지 못할 때도 많았다. 그 집 부모들은 유령처럼 냇둑을 헤매고는 했다.

그런 아픈 사연을 품고 있긴 하지만, 많은 사람들에게 고향의 내와 징검다리는 가슴이 저리도록 아름다운 기억이다. 세월이 흐를수록 그리움은 더욱 짙어지기 마련이다. 봄이면 수양버들 긴 머리 풀어 내리고 여름엔 아이들의 함성이 병아리 챈 솔개처럼 솟아오르던, 그리고 가을이면 떨어진 나뭇잎이 맴돌이하며 흐르던 고향의 내. 겨울에 물이 얼고 그 위에 눈이 내리면 까맣게 도드라진 징검다리는 얼마나 아름답던지…….

하지만 이제 징검다리를 보는 건 쉬운 일이 아니다. 도시의 인공 하천에 놓인 징검다리를 구경삼아 건너볼 뿐이다. 깊은 산골에도 번듯한 시멘트다리가 놓이고 그 위로 차가 씽씽 달린다. 물장구를 치거나 징검다리 위에 벌거벗고 앉아 깔깔거리던 아이들도 사라졌다. 누구말대로, 사무치도록 그리운 것은 가슴 속에 묻는 게 나을지 모른다. 수레바퀴처럼 건조하게 돌아가는 도회지의 삶 속에서, 어릴 적 향수를 에너지 삼아 살아가는 사람들일수록…….

징검다리를 찾아서 이곳저곳 돌아다녔습니다. 특히 섬진강을 많이 뒤졌지요. 그러다 진짜 징검다리를 만난 곳은 전북 임실군 덕치면 진뫼마을이라는 곳이었습니다. 진뫼는 섬진강 상류를 끼고 있는 마을입니다. 여기에 징검다리가 놓이게 된 것은 김도수라는 한 중년 사내에 의해서였답니다. 고향을 떠났던 그가 꿈에서도 잊지 못하던 고향에 돌아와서 서둘러 한 일이 징검다리를 복원하는 일이었습니다. 김도수 씨가 쓴 〈섬진강 푸른 물에 징검다리〉라는 책에서 그 사연을 읽고 물어물어 찾아갔습니다. 진뫼는 김용택 시인의 고향동네이기도 합니다. 김 시인은 그곳 덕치초등학교에서 38년간 교사생활을 했지요. 이 책을 읽은 분이 어느 날 진뫼를 찾아가면 학교에서 퇴직한 초로의 시인을 만날지도 모르겠네요. 강을 끼고 있는 동네는 평화롭고 아름다웠습니다. 강물에 놓인 징검다리는 중년 사내 하나를 순식간에 고향으로 데려다주었습니다. 마침 징검다리 위에 아이들이 놀고 있어서 마음에 드는 사진을 얻을 수 있었습니다.

줄배
사공은 어디 가고 빈 배만 쓸쓸히

섬진강을 다시 찾은 건 어느 새벽의 꿈 때문이었다. 모처럼 할머니를 만났다. 아니 보았다. 이승을 떠난 지 20년 가까이 된 할머니가 저만치 강을 건너고 있었다. 강폭은 그리 넓지 않았지만 물빛은 퍼랬다. 세상 곳곳을 쏘다니는 게 일인 나도 처음 보는 강이었다. 그런데 할머니가 타고 가는 배가 좀 낯설었다. 노를 젓는 것도 아니고 돛을 올린 것도 아니었다. 그래도 배는 서서히 강 저쪽을 향해 가고 있었다. 자세히 보니 배 위로 줄이 가로질러 있고 할머니는 그걸 조금씩 당기고 있었다. 줄을 당기는 만큼 배가 움직였다. 아, 줄배구나. 정선 아우라지에서 본 적이 있었다. 관광객을 태우고 이쪽저쪽을 오가던 배. 그렇지만 문제는 배가 아니었다. 황천을 건넌지 오래인 할머니가 어떻게 이승의 강을 건너고 있을까. 할머니~! 하고 불러봤지만 소리는 목구멍 안에서 웅크린 채 나오지 않았다. 답답해서 가슴을 치는 순간 잠에서 깨었다. 온 몸이 땀으로 흠뻑 젖어 있었다.

　그런데, 묘하게도 그 꿈은 현실로 이어졌다. 다음날 자료를 찾으려 인터넷 서핑을 하는데 '섬진강의 마지막 줄배'에 관한 이야기가 눈길을 잡았다. 전남 곡성에 섬진강 최후의 줄배가 있다는 것이었다. 마지막이라니……. 금방이라도 사라져 다시는 못 볼지도 모른다는 생각에 초조해졌다.

　휴일 새벽, 다른 일정을 접어두고 섬진강으로 향했다. 후배 하나가 차를 가지고 동행했다. 전부터 취재여행에 꼭 한번 따라가고 싶다고 조르던 친구였다. 뭐 대단한 게 있다고……. 돈과 시간을 투자해서 고생길을 가는 셈이었다.

　갈 때마다 가는 곳마다 다른 모습을 보여주는 게 섬진강이다. 섬진강은 전북 진안군 백운면 신암리 팔공산 자락의 작은 옹달샘인 데미샘에서 발원, 지리산 남부 협곡을 지나 212.3km를 달린 끝에 광양만 남해바다에 이르는 긴 강이다. 이 땅의 강들이 대부분 그렇지만, 섬진강의 풍경은 어느 곳도 놓치기 아까울 정도로 아름답다.

그중에서도 곡성 쪽의 섬진강은 철길과 도로와 강이 나란히 달리는 보기 드문 풍경을 연출한다.

줄배를 만나기 위해 곡성 '기차마을'을 지나 구례 쪽으로 달린다. 줄배는 곡성군 오곡면 침곡리와 건너편 고달면 호곡리를 이어주는 교통수단이다. 침곡리에 차를 세우고 호곡리 쪽으로 건너가 볼 심산이었다. 하지만 나루터는 예상보다 찾기가 쉽지 않다. 차에 내비게이션이 있다고 해도 줄배의 위치까지 가르쳐 줄 능력은 안 되기 때문에, 결국 위치를 놓치고 말았다.

급할 때일수록 돌아가라는 말이 어찌 교과서의 교훈일 뿐이랴. 마침 배가 출출한 참이라 밥부터 먹기로 한다. 섬진강변을 따라가는 길에는 밥 굶을 걱정 같은 건 안 해도 된다. 곳곳에 은어구이나 매운탕, 참게장을 파는 음식점들이 있다. 그렇다고 꼭 은어나 참게를 먹어야 한다는 부담을 가질 필요는 없다. 가난한 여행자야 된장찌개 정도면 호사를 하는 것이다. '가든'이라고 간판이 붙은 집에 들어가 자리를 잡는다. 잘 생긴 청년 하나가 음식 주문을 받는다. 백반을 시키고 줄배가 있는 곳의 위치를 묻는다. 몇 마디 설명을 하던 청년이 답답했던지 안쪽으로 가더니 약도를 들고 나타난다. 들여다보니 줄배 나루터를 한참 지나쳐왔다. 밥 한 그릇 뚝딱 해치우고 다시 길을 나선다. 떡 본 김에 제사 지낸다고 아예 강을 건너가 되짚어 올라가기로 한다.

오던 길을 내처 달려 보성강과 섬진강이 만나는 압록에서 다리(예성교)를 건너자마자 반대편 길로 들어선다. 조금 달리자 1차선으로 좁아지더니 결국 비포장도로로 바뀐다. 운전하는 사람에겐 고된 역정일지 몰라도 옆자리에 앉은 사람에겐 신나는 길이다. 이제야 강이 제대로 눈에 들어온다. 뒤따라오는 차도 없으니 서둘 일도 없다. 비포장이지만 흙과 자갈이 곱게 깔린 길은 어머니 품처럼 부드럽다. 내려서 걷고 싶은 마음이 굴뚝같지만 후배를 생각해서 잠자코 눌러 앉힌다. 모처럼 만나는 비포장도로, 그리고 길옆 나무들이 가지와 잎을 늘어뜨려 만들어놓은 터널은 나그네를 한껏 유혹한다.

아! 더 이상 못 참겠다. 후배의 불만을 뒤로 하고 기어이 차에서 내려 걷는다. 그러나 몇 발자국 못 가서 걸음을 멈춘다. 빨갛게 익은 산딸기에 시선을 온통 빼앗겨 버린다. 그뿐 아니다. 씨알 굵은 버찌들이 터질듯한 육덕을 내세워 손짓한다. 풀숲에서 인기척에 놀란 새 몇 마리가 푸드덕 날아오른다. 과장을 조금 보태, 이대로 죽어도 행복할 것 같은 풍경이다. 평화로운 세상은 자꾸 옷깃을 잡는데 갈 길은 멀다. 걷다가 타다가 하면서 한참을 가도 줄배나루터는 눈에 들어오지 않는다.

약도에 그려준 곳이 정말 있기나 한 거야? 의심이 머리 꼭대기까지 차오를 무렵, 후배의 입에서 작은 비명이 터진다. "형, 저거 아냐?" 화들짝 놀라 쳐다보니 정말 줄배가 그곳에 있다. 아낙네 하나가 어린아이를 배에 싣고 줄을 당기며 건너온다. 아! 괜히 딴 짓을 하는 바람에 하늘이 주신 모델을 놓치는구나. 부리나케 달려가 보지만 모자(母子)는 배에서 내린 뒤다. 무안해진 카메라가 하릴없이 물비늘만 찍어댄다.

가까이서는 처음 보는 줄배다. 강 양쪽을 가로지르는 줄을 설치해서, 그 줄을 당기는 힘으로 강을 건넌다. 길고 긴 섬진강이 품었던 나루가 어디 호곡뿐이랴. 전에는 섬진강을 끼고 있는 마을마다 나루가 있었다고 한다. 하지만 강 곳곳에 다리가 놓이고 새 길이 뚫리면서 모두 사라지고 이곳만 남았다. 줄배를 움직이는 줄은 두

개가 있다. 팽팽하게 매여진 쇠줄은 배를 움직이는데 쓰인다. 그리고 고리줄이 있는데 이것은 강 건너에 사람은 없고 배만 있을 때 끌어당기는데 사용한다. 굵직한 쇠줄을 두 손으로 잡고 당기면 배가 앞으로 나간다. 쇠줄을 당김과 동시에 고리가 달린 줄을 밀쳐야한다. 그렇지 않으면 줄이 꼬인다. 배에는 바가지가 비치돼 있는데 조금씩 새는 물을 퍼내는데 쓴다.

　호곡리 역시 한 때 30여 가구의 큰 마을이었지만 하나 둘 외지로 떠나고 채 10가구도 안 남았다고 한다. 그나마 대부분 노인들이다. 하지만 줄배는 여전히 제자리에서 기다리고 있다가 장에 가는 사람들을 실어 나른다. 사실, 이곳에도 처음부터 줄배가 있었던 건 아니다. 노를 젓는 나룻배가 다녔지만 오가는 사람이 줄면서 사공을 부릴만한 처지가 못 되자 줄배로 바꿨다. 다리까지 돌아가자면 족히 20리는 걸어야 하기 때문에, 호곡마을 노인들은 아직도 줄배를 넓은 세상으로 나가는 유일한 수단으로 여긴다.

　구경하는 이들에게는 더할 나위 없이 아름다운 것들도, 그 현실과 부딪히며 살아야 하는 사람들에게는 고통스럽거나 불편한 경우가 많다. 줄배 역시 외지인들에게 낭만적인 풍경이겠지만, 주민들에게는 불편한 교통수단일 뿐이다. 6월의 햇살은 화살처럼 강물에 내리꽂힌다. 줄을 당겨 몇 번 왔다갔다 강을 건너보지만 얼마 안 돼 무료해진다. 쓸 만한 사진을 건지려면, 읍내에 나갔던 촌로라도 돌아와야 하는데 강나루에는 적막만 배회하고 있다. 나무 그늘로 나와 앉아있으니 곱디고운 강바람이 얼굴을 간질이며 지난다. 잠이 자꾸 몸을 끌어당기지만 털고 일어서며 조금 억지스러운 소원 하나를 품는다. 주민들이 편리하게 다닐 수 있도록 다리가 얼른 놓이기를……. 그래도 나루터와 줄배는 오래오래 남아있기를……. 내 아이가 자라서 아비의 발자취를 찾아왔을 때도 이 나무 그늘 아래서 오랫동안 강물을 바라볼 수 있기를…….

기행수첩

곡성만큼 여러 번 찾은 동네도 드뭅니다. 완행열차의 흔적을 만나러 기차마을을 들렀다가 반한 뒤로, 틈만 나면 가게 되는 곳입니다. 섬진강의 물길을 따라 걷기도 하고 곡성장의 순박한 사람들 틈에 끼어 붕어빵을 씹으며 장구경도 하고……. 호곡나루 가는 길은 본문에서 이미 다 설명했기 때문에 따로 기록할 필요는 없을 것 같습니다. 다만 권하고 싶은 것은 옛길을 걸어보라는 것입니다. 저처럼 압록에서 출발하는 것도 방법이지만, 침곡에서 차를 세운 뒤 줄배를 타고 호곡 쪽으로 건너면 바로 비포장도로가 나옵니다. 어느 쪽이든 좋으니 그저 걸어볼 일입니다. 워낙 한적한 길이라 노래를 부르며 간다고 해도 시비 걸 사람이 없습니다. 걷다가 버찌를 따먹거나 산딸기에 군침을 흘리는 것도 괜찮습니다. 곡성군에서 중간중간에 원두막식 정자를 만들어놓았기 때문에 쉬어가기도 좋습니다. 굽이굽이 흐르는 섬진강을 바라보노라면 무딘 사람의 가슴에도 시어(詩語)가 절로 싹을 틔우는 경험을 하게 될 것입니다. 운이 좋으면 황금빛 햇살 아래 투망 던지는 사람들의 실루엣도 볼 수 있습니다.

흙집
유년의 마당에 스민 아버지의 눈물

유년의 마당으로 이어지는 끈을 더듬어가다 보면, 곳곳에 어두운 그림자가 두터운 커튼처럼 드리워져 있다. 그러나 어느 날은 햇살이 폭포처럼 쏟아지는 환한 그림을 만나기도 한다. 그날의 기억이 그렇다. 내리꽂히는 햇빛 아래서 묵묵히 일하던 아버지의 등과 그 등을 타고 흐르던 땀이 화인(火印)처럼 선명하게 가슴에 찍혀있다. 40년도 더 지난 일이다.

그 해 늦은 봄, 아버지는 손수 집을 짓겠다고 선언했다. 살고 있던 집이 워낙 낡아 언제까지 버틸지 모르는 상황이었기 때문에 새 집이 급했던 건 사실이었다. 하지만 아버지가 자신의 손으로 집을 짓겠다는 건 뜻밖의 일이었다. 그때까지 당신의 삶은 손에 흙을 묻히거나 논밭에 나가 땅을 파는 것과는 너무 동떨어져 있었다. 아침에 출근하고 저녁에 퇴근하는, 비록 농촌에 살지만 도회지 직장인에 가까운 삶을 살아왔기 때문이다. 자의였는지 타의였는지는 알 수 없지만, 어느 날부터는 출근을 하

지 않게 되었고 그런 날은 꽤 오래 계속되었다. 그렇다고 농사를 지을만한 땅이 있던 것도 아니었다.

누가 보더라도 아버지가 손수 집을 짓는다는 것은 무모하거나 위대한 도전이었다. 훗날 든 생각이긴 하지만, 당신이 품어왔던 삶의 가치와 방향이 완전히 틀어져 버린 그때, 무너져 내리지 않기 위한 유일한 선택이었는지도 모른다.

새 집을 지으려면 그때까지 살던 집부터 헐어야했기 때문에, 먼저 가족들이 임시 거처로 삼을만한 방을 구했다. 아버지와 어머니는 집터 옆에 원두막 같은 임시 주거 시설을 만들어 기거했다. 인부 하나 사지 않고 가족끼리 집을 짓는 대장정이 시작된 것이다. 축포나 테이프를 자르는 기념식 같은 건 없었지만 분위기는 자못 비장했다.

아버지가 지으려는 집은 요즘 흔히 짓는 황토집과는 달랐다. 일반 건축자재로 집의 골격을 만들고 흙으로 마무리하거나, 중간 중간 통나무나 돌을 넣고 흙을 다지며 쌓아나가는 게 요즘 흔히 쓰는 건축법이라면, 아버지는 흙벽돌을 찍어서 쌓아올렸다. 그 지역의 흙집은 대부분 그렇게 지었다. 외양간이나 헛간 같은 것은 나무를 엮어 골격으로 하고 겉에 황토를 바르기도 했다. 그렇게 흙과 나무만 써서 지은 집은 훗날 수명을 다했을 때 아무 망설임 없이 자연으로 돌아갔다.

아버지는 맨 먼저 황토를 퍼 나르기 시작했다. 농촌이라고 아무 곳에나 황토가 있는 것은 아니기 때문에 꽤 먼 곳까지 왕복해야 했다. 유일한 운반수단은 지게였다. 지게질을 해본 사람은 알지만 처음 지게를 질 때의 고통은 이루 헤아릴 수가 없다. 땀이 나면 쓰린 것은 물론 어깨의 피부가 벗겨지기도 한다. 아버지는 묵묵히 그 고통을 견뎌냈다. 나는 학교에서 돌아오면 매일같이 집짓는 주변을 맴돌았다. 어린아이가 거들만한 일은 거의 없었지만 그렇게라도 아버지 곁에 있어야 할 것 같았다. 당신의 거친 호흡과 쓰라린 어깨가 어린 가슴에도 진한 통증으로 전이되었다.

황토가 어느 정도 쌓이자 볏짚을 썰어 넣고 개어 나무틀로 벽돌을 찍기 시작했다. 그렇게 늘어놓은 벽돌들이 몸을 말려 어느 정도 단단해질 무렵 일이 터졌다. 그해는 유난히 비가 많았다. 비가 쏟아지기 시작하자 벽돌은 무르고 깨지기 시작했다. 쓸 만한 비닐 한 장 구하기 어렵던 시절이라 속수무책으로 바라볼 수밖에 없었다. 멍석이나 돗자리로 덮어봤지만 손바닥으로 하늘을 가리는 셈이었다.

그러나 비도 아버지의 의지를 꺾지는 못했다. 아버지는 날이 들자 아무 일 없었다는 듯, 다시 황토를 퍼 나르고 벽돌을 찍기 시작했다. 그렇게 몇 번의 고비를 넘긴 끝에 집을 지을만한 벽돌이 모두 만들어졌다. 아버지는 벽돌이 마르는 동안 목재를 다듬어 대들보와 서까래를 준비하고 문틀도 손수 짰다. 그리고 드디어 벽돌을 쌓기

44

시작했다. 벽은 시간을 타고 조금씩 높아져갔다. 문틀을 달고 다시 벽돌을 쌓고…… 결국 대들보와 서까래, 지붕을 올리는 일과 구들을 놓는 일만 남의 손을 빌리고 나머지는 모두 아버지 혼자 힘으로 해결했다. 초여름에 시작한 일은 초가지붕을 올리기 알맞도록 가을에 끝났다.

지붕을 올리던 날 조촐한 잔치가 벌어졌다. 잔치 외에도 내 기억에는 또 하나의 풍경이 새겨져 있다. 아버지는 가끔 사람들 틈을 빠져나와 집 뒤편으로 갔다. 어느 땐 꽤 오래 나타나지 않기도 했다. 아버지가 그곳에서 무엇을 했는지는 세월이 지난 뒤에야 짐작할 수 있었다. 집 모퉁이를 돌며 자신이 지은 집을 천천히 쓰다듬고 있었을 것이다. 그리고 후미진 곳에 서서 터져 나오는 울음을 구겨 넣으려 하늘을 자꾸 올려다보았을 것이다.

'아버지의 집' 이야기는 거기서 끝나지 않는다. 지금으로부터 몇 년 전이다. 고향을 다녀온 동생이 뜻밖의 소식을 전해줬다. 그때의 흙집이 아직도 그 자리에 남아 있다는 것이었다. 나 역시 가끔 고향에 들렀지만 산소에만 다녀오고, 전에 살던 집 터를 의식적으로 피하고는 했다. 행복보다는 아픔이 더 많이 깃들어 있다는 이유도 있었지만, 내 가족들의 삶과 꿈이 연탄재처럼 부서져 굴러다니는 걸 보는 게 두렵기도 했다. 게다가 흙으로 지은 그 집이 수십 년의 비바람을 견디며 남아 있으리라고는 상상도 하지 못했다. 그런데 고스란히 남아있는 것은 물론 아직도 쓰고 있더란 것이다. 흙으로 지은 집이 그 긴 세월을 어떻게 견뎌냈을까. 집을 지은 사람의 육신은 벌써 흙으로 돌아갔는데…….

동생의 전언을 들은 뒤로도 미루기만 하다가 작년에는 큰 맘 먹고 그곳에 가보았다. 하지만 집은 누군가의 손에 뜯어져 흔적도 없이 사라진 뒤였다. 이곳이던가, 저곳이던가. 집터를 확인하는 것조차도 쉽지 않았다. 흙으로 지은 집이니 다시 흙이 되었으리라 믿으며 돌아서는 수밖에 없었다.

강원도니 경상도니 이곳저곳을 돌아다니면서 가끔 흙집을 만난다. 세월을 못 이겨 대부분은 무너져가거나 자연으로 돌아갈 준비를 하고 있다. 그런 집을 만날 때마다 그냥 지나치지 못한다. 유년의 마당에 빛바랜 사진처럼 자리 잡고 있는, 그 날의 햇살과 아버지 등에 흐르던 땀이 자꾸 어른거리는 까닭에…….

<hr>

기행수첩

오래된 흙집에서는 오래 전에 세상을 떠난 아버지의 냄새가 납니다. 사람이나 흙으로 지은 집이나 수명이 다하면 자연으로 돌아간다는 점에서 동질성이 있지요. '외갓집체험마을' 이라고 이름 붙인 전라남도 곡성군 고달면 두계리에 간 적이 있습니다. 전형적 산골마을인 그곳에서 이미 자연으로 돌아가고 있는 흙집들을 만났습니다. 숲과 내(川)와 논과 밭이 잘 어우러진 곳, 마치 고향에 돌아간 듯 정겨웠습니다. 가벼운 발걸음으로 천천히 걸어 마을을 한 바퀴 돌았습니다. 깨끗하게 단장된 집들도 많았지만, 무너져가는 흙집들에 더 정이 갔습니다. 어느 집 담장에 기대어 선 앵두나무에 빨간 앵두가 가지를 부러뜨릴 듯 열려 있었습니다. 아이들이 없어서인지, 아니면 시골 아이들도 이제 앵두 같은 건 안 먹는지 따는 사람이 없는 것 같았습니다. 흙집 구경으로 한나절이 훌쩍 가버렸습니다.
외갓집체험마을은 비교적 저렴한 가격으로 숙식이나 농촌체험이 가능한 곳입니다. 아이들이 있는 집이라면 가족단위로 가볼 만합니다.

사립문
굽은 등·흰머리의 할머니가 살던 곳

사립문을 어디 문이라 할 수 있던가요?

그저 "이 안에 사람이 살고 있소." 표시나 하겠다는 마음으로 세워둔 것이었지요.

그러니 애당초 타인을 경계하겠다거나 누구의 출입을 막아보겠다는 건 생각하지도 않고 만든 게 사립문입니다.

도둑 구경하기 어렵다는 제주의 정주석처럼, 집에 사람이 있고 없고 표시나 하면 제 할 일 다 하는 것이지요.

사립문이란 게 얼마나 엉성한지, 지나던 사람이 마음만 먹으면 그 틈으로 식구들이 마루에서 밥 먹는 것, 마당에서 괴춤 내리고 소변보는 것까지 다 볼 수 있었습니다.

그것뿐인가요.

만든 지 한두 해 지나면 벌어진 틈새로 작은 개 한 마리쯤은 거뜬하게 드나들 수 있지요.

그런 마당에 경계고 뭐고 할 게 있겠습니까.

사립문은 집 근처에서 쉽게 구할 수 있는 잔나무들을 베어다 엮어서 세워놓은 문을 말합니다.

가난한 백성이 남의 집 드난살이를 하다가 성가(成家)라고 해서 오두막을 지어놓고 보니, "나도 집이 있다." 하고 폼 한번 잡고 싶더란 말입니다.

하지만 비나 가릴 정도로 엉성하게 지은 집을 가지고 폼은 무슨 폼입니까.

담이라고 제대로 있었겠습니까.

내에서 호박돌을 져다 쌓아놓거나 나무 울타리라도 두르면 그럴듯해 보이지만 그마저 없는 집도 많았지요.

그런 마당에 솟을대문이 어울리겠습니까, 쇠대문이라도 만들어 걸겠습니까.

그래도 그냥 지나기는 섭섭한지라 생가지 잎사귀 훑어 엮어놓은 것이지요.

가끔 싸리문하고 혼동을 하기도 하는데, 싸리문은 말 그대로 싸릿가지를 엮어서 만든 사립문입니다.

하기야 사립문이든 싸리문이든 이름이 뭐 그리 중요하겠습니까.

공평한 걸 좋아하는 어느 양반들은, 그 둘을 합쳐서 '싸립문'으로 부르기도 했는걸요.

사립문을 보면 기우뚱하거나 비뚜름한 게 문틀하고 조금씩 어긋나 있게 마련입

니다.

애당초 문틀 자체를 정밀하게 짜 맞춘 게 아니라, 만만한 통나무 두 개를 양쪽에 세워놓고 문짝을 매달아놓은 것이니 당연한 일이지요.

가끔은 워낭(말이나 소의 목에 다는 방울)을 장식 삼아 달아놓기도 하는데, 그 문을 어디 사람만 드나들던가요.

지나가던 바람도 심심할 때마다 들러서 딸랑딸랑 흔들어 놓고 도망가고는 하지요.

그래봐야 문 열고 버선발로 뛰어나오는 사람도 없더랍니다.

사립문은 이 땅의 순한 사람들을 닮아 배타적이지 않은 건 물론 겸손했습니다.

끼익끼익 소리를 지르는 나무문이나 철문과 달라, 밀면 못 이기는 척 뒤로 물러나는 걸로 제 할 일 다 하는 거지요.

그런데 참 이상한 일입니다.

있을 땐 눈에 들어오지도 않던 사립문이, 없어지고 나니까 서럽도록 그립더란 말입니다.

언제부터인가 고향이 내 고향 같지 않습니다.

초가지붕과 돌담과 사립문이 사라지고 함석지붕과 시멘트담과 쇠대문이 입을 굳게 다물고 있는 그 고향 말입니다.

열일곱에 집을 나가 스무 살에 파마머리로 돌아왔던, 돌아온 지 넉 달 만에 아비 모를 아기를 낳았던 첫사랑 영자처럼, 본질은 그대로일 텐데도 영 다가설 수 없더란 것이지요.

사립문.

지금이라도 굽은 등과 흰머리가 설운 내 할머니가 지그시 밀고 나올 것만 같은데, 세월이란 지우개는 할머니도 사립문도 깨끗이 지워버린 뒤입니다.

기행수첩

충남 아산시 송악면에 있는 '외암리민속마을'은 옛것들이 그대로 간직된 '전통의 보고(寶庫)'입니다. 다른 민속마을이 인위적인 요소를 가미해 관광지화했다면 이곳은 삶 자체가 전통에서 크게 벗어나지 않습니다. 특히 돌담길이 볼만한데, 늦가을 길게 이어진 길을 걷노라면 잘 익은 홍시가 툭! 하고 세상과 이별하는 광경도 만날 수 있지요. 그곳에 가면 우리 곁에서 사라진 사립문을 볼 수 있습니다. 미끈하게 잘 생긴 문이 아니라 삐딱하게 기대어 서서 조울조울 늙어가는 사립문. 햇볕 잘 드는 날, 사립문 앞에 잠시 쪼그리고 앉아 어느 한 시절을 더듬어 보는 것도 색다른 맛입니다. 물론 집주인에게 폐가 안 되도록 해야겠지요. 외암리민속마을에서 벌어지는 각종 행사도 볼만합니다. 정월 대보름날 달집태우기와 쥐불놀이, 10월에 열리는 '짚풀문화제'는 많은 사람이 찾아가 즐깁니다. 서울과도 가까운 편입니다.

뒷간
농사에 꼭 필요했던 숨은 '보물창고'

할머니~~

오이냐! 내 새끼.

할머니, 그냥 가면 안 돼! 끝까지 거기 있어야 돼.

원 녀석두, 걱정 말래두 그러네.

한밤중에 뒷간 앞에서 벌어지던 풍경입니다.

뒷간에 쪼그리고 앉아있는 건 늘 아이지만, 그 앞에 서 있는 사람은 할머니나 어머니가 될 수도 있고 형이나 누나가 될 수도 있습니다.

자다가 배가 살살 아프고 뒤가 묵지근해지면 처음엔 애써 참다가도 결국 뒷간으로 갈 수밖에 없지요.

오줌이야 급하면 요강을 쓰거나 마루 끝에 서서 토방에 내갈기기도 하지만 큰 일을 볼 때야 그럴 수 있나요.

결국 머나먼 뒷간까지 가서 볼 일을 보려면 식구 중 하나를 깨우는 수밖에 없습니다.

문제는 아무리 육친이라도 자다가 난데없이 찬바람 속으로 나서는 걸 좋아할 사람이 없다는 데 있습니다.

가느니 마느니 하다가 결국 똥이 엉치 끝에, 울음이 입 끝에 걸리면 그제야 누군가가 따라나서는 것이지요.

뒷간에 전등이 걸린 시절이 아니었으니 도착하고 나서도 고난은 끝나지 않습니다.

달이라도 휘영청 밝은 날이라면 그런대로 괜찮지만, 코앞의 손가락도 안 보이는 날이면 더듬더듬 하는 수밖에 없습니다.

등불이나 촛불을 들고 가기도 하지만, 그렇지 못한 경우도 많거든요.

이럭저럭 옷을 내리고 쪼그려 앉아 있으면 밖에 사람이 서 있어도 왜 그리 무섭던지.

뒷간에 몽당빗자루 귀신이 산다는 말도 생각나고, 손이 불쑥 나와 '파란종이 주랴, 빨간종이 주랴' 했다는 이야기도 생각나고……

혹시 밖에서 기다리는 사람이 그냥 들어가기라도 할세라, 자꾸자꾸 말을 시키게 되는 것이지요.

뒷간은 요즘의 화장실을 말하는 겁니다.

그러나 '배설물을 처리하는 곳' 이라는 목적은 똑같다고 해도 형태나 사용방법이 워낙 달라 동일시하는 것은 좀 망설여지기도 합니다.

변소라고도 많이 불렀지만, 그 역시 노인들을 제외하고는 거의 쓰지 않는 말이 되었습니다.

뒷간은 '뒤(똥)를 보는 집' '뒤에 자리한 집' 이라는 두 가지 의미를 갖고 있습니다.

'뒷간과 사돈집은 멀수록 좋다' 는 말이 있습니다.

뒷간은 가까우면 냄새가 나고 사돈집은 가까우면 말썽이 나기 쉬우므로 경계하라는 말이겠지요.

그런데 먼 것도 정도가 있지, 어느 집은 한참 가야 뒷간을 만날 수 있습니다.

즉, 집 울타리 밖에 한데 뒷간을 짓는 것이지요.

냄새로부터 벗어나기 위해서, 또 위생상의 필요 때문에 그랬겠지만, 급할 때는 거기까지 가는 게 보통 고역이 아니었습니다.

행세 좀 한다는 집에서는 여성 전용 안 뒷간과 남성 전용의 바깥 뒷간을 구분하기도 했지요.

뒷간의 이름도 많았습니다.

그중에는 영 뜻을 알 수 없는 것들도 있습니다.

정랑, 서각, 정방, 정낭, 청측, 청방, 변방, 청혼, 측간, 측실, 측청, 혼측, 혼헌, 통시, 회치실……

절에서는 근심을 푸는 곳, 혹은 번뇌가 사라지는 곳이라는 뜻으로 해우소(解憂所)

라 부르기도 했고요.

부잣집이나 지체 있는 집에서는 뒷간도 그럴 듯하게 지었습니다.

벽돌이나 목재를 재료로 쓰고, 겉에는 회칠을 하고 문도 짱짱하게 짜서 달았지요.

반대로 일반 백성들의 뒷간은 허술하기 짝이 없었습니다.

나무기둥 네 개를 땅에 박고 거적으로 얼기설기 둘러쳐 바람이나 막는 게 고작이었습니다.

목재를 써서 짓는다고 지어도 찬바람이 제 맘대로 드나드는 건 마찬가지였고요.

더구나 문은 대충 얽어매기 때문에 바람결에 홀로 춤을 추거나 장단을 맞추기 일쑤였지요.

뒷간을 잿간이나 창고와 함께 쓰는 경우도 많았습니다.

좌변기도 조금만 더러우면 구역질을 해대는 요즘 젊은 사람들은 말만 들어도 기절할지 모르지만, 가장 재미(?)있었던 건 두 발을 놓는 바닥이었지요.

커다란 독을 바닥에 묻고 널빤지 두 개를 가로질러 놓는 게 대부분이었습니다.

장마철에는 물이 들어가 넘치기 일쑤고, 여름에 엉덩이 내놓고 앉아 있으려면 냄새와 쉬파리·모기들의 무차별 공세에 시달려야 했습니다.

변비라도 걸려 오래 쪼그리고 앉아있으면 저려오는 다리와 옷에 배는 그 진한 냄새…….

하지만 전통 농경사회에서는 이 뒷간이야말로 보물창고였습니다.

농사에 없어서는 안 되는 거름의 생산지가 바로 이곳이었기 때문이지요.

즉, 뒷간은 거름공장이었습니다.

그래서 옛 어른들은 놀러 나가는 아이들에게 이르곤 했지요.

"똥은 꼭 집에 와서 싸거라."

똥은 밥이었습니다.

똥이 거름이 되고 그 거름이 풍성한 열매를 맺게 하고 그 열매를 먹고 살아가니 소중할 수밖에 없었지요.

오죽했으면 오밤중에 남의 집 뒷간을 뒤지는 '똥 도둑'도 있었겠습니까.

새벽녘, 미처 날이 밝기도 전에 똥장군을 지고 밭으로 나가는 농부의 입가에는

흐뭇한 미소가 걸려 있었지요.

지금은 유기농을 하거나 전통적 방식으로 농사를 짓는 소수의 농부들을 빼고는 똥을 소중하게 여기는 사람이 없습니다.

농사에 똥을 쓰고 싶어도 쓸 만한 걸 구하기도 쉽지 않지요.

시골에도 수세식 화장실이 많이 보급되고 정화조가 설치되었기 때문입니다.

그러다 보니 순회의 틀에서 벗어난 땅도 자꾸 각박해진다고 합니다.

화학비료를 무더기로 주지 않고는 영 소출을 내놓으려 하지 않는 것이지요.

그런 이유로 사람 사는 세상도 갈수록 각박해진다고 하면 억지일까요.

뒷간의 풍경마저 지독하게 그리울 때가 있는 걸 보면 아주 헛소리만은 아닌 것 같습니다.

너와집—굴피집
산골사람들의 헐벗은 삶 가려주던

이곳저곳으로 '사라져 가는 것'들의 뒷모습을 좇아다니면서, 오래 묵은 체증처럼 가슴에 얹혀있던 소재가 너와집과 굴피집이었다. 초가가 사라지고 기와집마저 보기 쉽지 않게 되었으니, 너와집이나 굴피집이야말로 사라지는 것들의 맨 앞자리에 있기 때문이다. 완전히 사라지기 전에 기록해둬야 한다는 생각이 부채의식처럼 가슴 한쪽에 자리 잡고 있었다. 하지만 너와집이나 굴피집을 소재로 다루기에는 부담스러운 점도 없지 않았다. 중부내륙에서 나고 자란 터라 그런 집에서 살아본 것은 고사하고 구경조차 한 적이 없었기 때문이다.

가능하면 직접 보고 경험한 것들을 기록하겠다는 원칙을 세운 게 부담의 원인이었는지도 모른다. 하지만 언제까지 망설일 수만은 없는 일. 현장에 가서 보고 기록하는 것 외에 다른 선택은 없었다. 지금까지 온전히 보존돼 있는 너와집이나 굴피집을 찾기란 쉽지 않다. 강원도 어지간한 산골만 가도 너와펜션이나 너와가든이란 이름의 너와집들이 즐비하지만 그건 껍데기만 '너와'와 '굴피'일 뿐이다. 수소문 끝에 강원도 삼척시 도계읍 신리에 원형 그대로의 너와집이 있다고 해서 찾아갔다.

신리에는 근래까지 사람이 살았던 너와집이 두 채 있다. 그 중 하나가 중요민속자료 33호로 지정된 김진호씨(별세) 집이다. 이 집은 모든 게 원형대로 보존돼 있어서 풍부한 사진자료를 얻을 수 있었지만, 사람이 살고 있지 않다는 점이 아쉬웠다. 그게 마음에 걸려 신리에 다녀와서도 글로 기록하기를 미루고 있었는데, 뒤에 신리와 그리 멀지 않은 삼척시 신기면 대이리 골말에 사람이 살고 있는 너와집이 있다는 소식을 들을 수 있었다. 중요민속자료 221호인 '이종옥 가옥'이 그 집이다.

대이리는 환선굴을 가는 길에 만나는 동네다. 다른 일정에 밀려 꽤 오래 벼르다가 2008년 3월 말 다시 삼척을 찾았다. 하지만 가는 날이 장날이라고, 막상 이종옥 가옥을 찾고서도 너와지붕은 볼 수 없었다. 2007년 11월 말에 시작한 보수공사 때문에 지붕을 걷어낸 뒤였다. 6월에나 완공된다는 것이었다.* 다행히 헛간으로 쓰였음 직한 바깥채는 너와지붕이 그대로 남아있어 열심히 카메라에 담았다. 주변 음식점에 들어가 주인에게 물었다. "저 집에 사시던 할아버지는 지금 어디 계세요?" 대답이 뜻밖이었다. "돌아가셨지요. 한 삼 년 됐나?" 자료에는 살아계신 걸로 돼 있던데…… 세월이 무상함을 탓하기 전에 정보 확인을 게을리 한 자신을 탓할 수밖에. 아무리 부지런히 쫓아다녀도 사라지는 존재들을 따라잡을 수 없다. "그럼, 저 집은

* 2009년 초에 '이종옥 가옥'을 다시 찾아갔을 때는 새 너와가 얹힌 뒤였다. 기척은 없었지만 사람이 살고 있는 듯 빨래가 널어져 있고 온기가 느껴졌다. 우려했던 대로 '전시용' 너와집으로 변한 것 같지는 않아서 안도할 수 있었다. 글은 현장감을 살리기 위해 2008년 처음 찾아갔을 때의 관점에서 기술한 것을 수정하지 않는다.

수리한 다음에 비워두나요?" "아들이 살걸요? 수리하기 전에도 와서 살았어요." 다음에 왔을 때 '관광용' 혹은 '전시용' 너와집으로 변신하여 번쩍거리지 않기를 비는 게 내가 할 수 있는 일의 전부였다.

너와집은 소나무나 전나무를 잘라 만든 널판을 지붕에 올린 집을 말한다. 기와나 볏짚 같은 재료를 구할 수 없는 화전민들이 주로 썼다. 너와의 크기는 길이 60~70cm, 너비 30~40cm, 두께는 약 3~5cm 정도이다. 모서리가 기와처럼 반듯하게 맞물려 떨어지는 것은 아니지만 비가 새지 않는 것은 물론 기와보다 수명도 길다고 한다.

삼척 신리의 '김진호 가옥'은 150년 전에 지어졌으며 정면과 측면이 각각 3칸 규모의 정방향으로 봉당(안방과 건넌방 사이의 흙바닥)이 있고, 마루를 중심으로 사랑방, 샛방, 도장방, 안방, 정지, 외양간이 있다. 방안에는 조명과 난방을 위해 모서리 부분에 '고콜(코클)'을 설치했으며 부엌에는 불씨를 보관하는 '화티'가 있다. 집은 주로 나무와 흙으로 짓기 때문에 평소에는 군데군데 틈이 생기고 그곳으로 빛과 바람이 들어온다. 엉성해 보이지만 구조 자체는 상당히 폐쇄적인 집이다.

한 지붕 아래에 모든 시설이 들어있다. 눈 때문이라고 한다. 겨울에 눈이 오면 보통 1~2m 정도 쌓이는데, 이 경우 안에서 문을 열고 나가기가 힘들어진다. 따라서 안에서 모든 것을 해결할 수 있도록 소를 먹이는 외양간까지 집 안에 두는 것이다.

'진짜 굴피집' 역시 찾기 쉽지 않았다. 강원도 곳곳에서 굴피지붕을 여러 번 보았지만 사람의 온기가 있는 집은 만날 수 없었다. '진짜 굴피집 같은' 굴피집은 기대하지 않은 곳에서 우연히 만났다. 평창에 갔다가 미탄면 율치리에 있는 영화 〈웰컴투 동막골〉의 세트장에 들렀을 때였다. 굴피집이라고 하지 않고 '굴피집 같은' 이라고 표현한 것은 그곳의 굴피집 역시 형태는 완전했지만 영화세트 중 하나로 지었기 때문이다.

하지만 그 굴피집에서는 사람냄새를 맡을 수 있었다. 어느 집에 들어가 고콜을 카메라에 담고 나오는데 저만치서 초로의 남자가 손짓을 했다. 가까이 가보니 굴피집 아궁이에 불을 지피는 중이었다. 그곳에서 숙식을 하는 것 같았다. 굴뚝으로 연기가 솟아오르자 조금 전까지 세트로만 보이던 집이 기지개를 켜며 깨어나고 있었다.

너와집을 찾아서 갔던 삼척 대이리에도 사람이 살고 있는 굴피집이 있다. '이종옥 가옥' 의 바로 아랫집이다. 중요민속자료 223호다. 300여 년 전 '이종옥 가옥' 에서 분가할 때는 너와지붕이었으나 너와 채취가 어려워 1930년경 굴피로 교체했다고 한다. 산골에 있는 이 집도 문명의 바람을 피하지 못했다. 집 앞에는 먹을거리를 파는 전이 펼쳐져 있고, 음식점으로 변한 안채도 마당까지 승용차가 들어오고 외지 사람들의 목소리가 낭자했다.

굴피집은 기와나 짚 같은 재료는 물론, 적송조차 귀해 너와를 만들기 어려운 지역에서 나무껍질로 이은 지붕을 말한다. 참나무·떡갈나무 등의 두꺼운 껍질을 재료로 쓴다. 보통 처서를 전후해서 껍질을 벗긴 뒤 돌이나 통나무 등으로 눌러 평평하게 말린 다음 적당한 크기로 잘라 지붕에 겹쳐 올린다.

나무껍질을 이어 만든 지붕은 고려시대 이전부터 있었다고 하는데 태백산맥과 소백산맥 일대를 중심으로 산간지방 화전민들의 지붕에 주로 쓰였다. 지붕의 재료로 쓸 굴피를 벗겨내자면 적어도 20년 이상 자란 나무라야 하며, 3~5년 주기로 보수·교체를 한다. 굴피는 끝을 겹쳐가며 물고기 비늘모양으로 지붕 아래, 즉 처마부분부터 위쪽으로 깔아나간다. 이음작업이 끝나면 그 위에 '너시래'라는 긴 나무막대기를 걸치고 지붕 끝에 묶거나 돌을 얹어 바람에 날려가지 않도록 한다. 굴피는 너와와 마찬가지로 습기에 민감하기 때문에 건조하면 수축되어 통풍이 이루어지고, 눈비가 와서 습도가 높아지면 팽창하여 틈새를 막음으로써 방수가 된다. 그러나 눈이 오지 않는 건조한 겨울날에는 벌어진 틈 사이로 온기를 빼앗기기 때문에 보온이 어렵다는 단점도 있다. 그래도 화전민들에게는 달리 선택의 여지가 없는 지붕재료였을 것이다.

너와집이나 굴피집에 살던 사람들이 세상을 달리하고, 그 집들이 음식점으로 변하는 건 누구의 탓도 아니다. 하지만 그런 집들 역시 우리 할아버지 할머니들이 이 땅에 터를 잡고 살아온 역사의 한 자락이다. 이 시대를 사는 우리에겐 보존하고 후손에게 보여줄 의무가 있다. 몇 채 안 남은 너와집·굴피집들이라도 영원히 보존됐으면 하는 염원을 품으며 봄비 차가운 강원도 골짜기를 내려왔다.

삼척은 한때 '이승복'이란 이름을 들을 때마다 떠오르는 고장이기도 했습니다. 1968년 '울진·삼척 무장공비사건'이 발생했던 곳이기 때문이지요. 하지만 지금은 그때의 아픈 상처를 찾아보기 쉽지 않습니다. 타인들에게는 40년도 더 지난 '옛 이야기'일 뿐이지요. 삼척은 가볼 만한 곳이 꽤 많습니다. 대금굴·환선굴·관음굴·초당굴 등의 여러 동굴은 또 하나의 신비로운 세계를 보여줍니다. 처음 보는 사람들은 그 오묘한 구조와 엄청난 규모에 입이 딱 벌어지기도 합니다. 다 돌아보려면 다리가 아플 지경이지요. 또 죽서루 등의 각종 문화유산, 두타산·청옥산 등의 유명산과 맹방해수욕장·해신당공원 등 유원지와 공원이 골고루 분포돼 있어 테마여행을 하는 데 최적의 장소입니다.

공동우물
동네 소문 아침저녁으로 모여들고

    대부분의 분쟁이 그렇듯이, 그 날의 싸움도 심각한 이유가 있었던 건 아니었다. 우물가에 앉아 나물을 다듬고 있던 월산댁이, 물을 길러온 초랭이(원래 이름은 철홍이다) 엄마를 보자마자 한 마디 툭 던진 게 시작이었다. "그러잖아도 찾아가려고 했더니만, 초랭어매 잘 왔네. 거, 애 단속 좀 지대로 혀." "예? 왜요? 우리 초랭이가 뭔 일을 저질렀남요?" "왜는 뭔 왜여. 우리 집 텃밭에 들어가서 익지도 않은 토마토를 죄다 따서……." "어이구, 애새끼가 극성 맞어서. 그런디 성님, 애들이 놀다보면 그러기도 허구……." 그나마 대화 같은 대화를 주고받은 건 딱 거기까지였다. 월산댁의 입에서 "뭣이 어쩌고 어째?"라는 호통이 비단 폭 찢듯 터져 나오면서 결국 싸움이 된 것이었다.

    월산댁이 결정적으로 폭발한 건, 초랭이 엄마가 말끝에 "당최 애를 키워봤어야 알지." 어쩌고 하며 구시렁거린 때문이었다. 차라리 호랑이 수염을 뽑을 일이지. 그

70

러잖아도 애를 낳지 못해, 수박만 한 한(恨)덩어리를 매달고 다니는 여자의 가슴에 비수를 찔러 넣었으니 그게 보통 일인가. 급기야는 우물가에서 엎치락뒤치락 육탄전이 벌어졌다. 곁에 있던 동네 여자들이 뜯어말렸지만 서로 머리끄덩이를 붙잡고 늘어지는 바람에 어찌 손을 써볼 도리가 없었다. 결국은 상대방의 머리카락을 한주 먹씩 뽑은 다음에야 씩씩거리며 떨어졌다.

공동우물가에서는 그런 일이 드물지 않게 일어났다. 물론 그러다가도 언제 그랬냐는 듯 성님, 아우님으로 돌아가는 게 이 땅의 여자들이었다. 우물가에서 매일 만나야 하는 처지에 끝까지 원수처럼 살 수는 없었다.

전에는 마을마다 공동우물이 있었다. 물이야말로 촌락이 형성되기 위한 필수요소였다. 지하수가 흔한 동네에서는 집집마다 따로 샘을 갖기도 했지만 대개는 공동

우물을 파기 마련이었다. 공동우물은 부정을 타면 안 되는 귀한 것이어서, 팔 때는 금줄을 치고 정성들여 작업을 했다.

우물 형태는 여러 가지가 있었다. 지하수가 풍부한 곳은 조금만 파도 물이 나오기 때문에 간단하게 돌을 쌓아서 물을 가뒀다. 이런 우물은 항상 물이 철철 넘쳐흘러서 바가지만 있어도 얼마든지 퍼 쓸 수 있었다. 또 샘 아래쪽에 흐르는 물을 가둬 빨래터를 만들기도 했다. 그러나 물이 귀한 동네에서는 물길이 잡힐 때까지 땅을 파서 '노깡(시멘트 토관)'을 박거나 돌로 벽을 쌓고 두레박을 걸쳐두었다.

시골에서 공동우물은 물을 긷는 곳으로만 그치지 않았다. 소통과 정보교환의 장으로서의 역할도 했다. 어젯밤 누구 집에서 부부싸움을 했다든지 누구누구네 일가족이 야반도주를 했다든지 하는 소식은 새벽에 물을 길러온 아낙네들의 입으로부터 온 동네에 전해졌다. 그런 정보를 듣기 위해 샘이 있는 집의 아낙도 공동우물로 나오고는 했다.

공동우물은 여자들이 스트레스를 푸는 장소기도 했다. 힘겨운 노동과 고부간의 갈등이 반복되는 일상에서 조금이라도 벗어날 수 있는 유일한 틈이 바로 공동우물이었다. 아낙네들은 울화가 치밀어 오르면 물동이를 이거나 함지박에 빨랫거리를 주섬주섬 담아 우물가로 나갔다. 그곳엔 잔소리하는 시어머니 대신 속을 풀어놓을 수 있는 누군가가 있기 마련이었다. 퍽! 퍽! 퍽! 빨래방망이를 두드려대는 걸로 응어리를 풀기도 했다.

공동우물에서는 가끔 분쟁이 일어났다. 샘에서 애들을 씻긴다고 핀잔을 주고받다가 싸움이 나기도 하고, 너무 가까이에서 빨래를 했다고 다투기도 했다. 또 동네마다 앙숙이 한둘쯤은 있어서, 어젯밤에 누가 뽕밭에서 뭘 했느니 말았느니 흉을 보다가 그게 입에서 입으로 전해져서 싸움이 벌어지기도 했다. 원수는 외나무다리가 아니라 공동우물에서 만나는 법이었다.

도시의 공동우물 풍경은 시골과는 조금 달랐다. 수도의 혜택을 제대로 보기 어려운 달동네나 변두리에서는 동네 사람들끼리 돈을 추렴해서 공동우물을 팠다. 하지만 어렵게 물길을 잡아 우물을 파놔도 물은 늘 부족하게 마련이었다. 그래서 툭하면 물싸움이 났다. 도시의 우물은 주로 깊게 파서 두레박으로 물을 퍼 올리는 방식이었다. 그런데 그 두레박질이라는 게 도르래를 달아놔도 감질이 날만큼 더딘지라 양동이를 줄 세워놓고 기다리게 마련이었다. 아침이나 저녁 무렵이면 그 줄이 길게 늘어섰다. 그러다 새치기를 했느니 원래 내 자리였느니 자리싸움이 일어나기도 했다. 여름철에 가뭄이라도 길어지면 우물은 시나브로 말라갔고, 그에 비례해서 사람들의 가슴도 쩍쩍 갈라져갔다. 그럴 땐 물 한 방울이라도 더 긷기 위해 밤새 우물가를 지키는 게 일이었다.

하지만 도시의 공동우물이라고 갈등만 있는 건 아니었다. 비가 흔전하게 내려 물이 많을 땐 동네 인심도 넘쳐흐르게 마련이었다. 상추를 씻으러 왔다가 이웃에 한주먹 집어주거나 모처럼 사온 참외를 씻다가 슬그머니 찔러주는 일도 드물지 않았다. 제대로 된 담조차 없이 사는 변두리 사람들의 삶이라는 게 워낙 숨길 게 없기도 했지만, 우물가에 아낙 몇 명이 앉으면 누구네 집 부엌의 숟가락 이야기까지 낭자하게 넘쳐흘렀다.

지금은 시골이든 도시든 공동우물을 보기가 쉽지 않다. 어지간한 오지까지 수도

가 놓여 있기 때문에 공동우물은 더 이상 필요 없게 돼버렸다. 그 많던 우물은 메워져 흔적조차 없거나 뚜껑을 뒤집어 쓴 채 쓸쓸히 늙어가고 있다. 설령 메워지지 않은 우물이라도 가끔 강아지나 찾아가 얼굴을 비춰볼 뿐 찾는 이가 없다. 물동이에 물을 가득 채우고 바가지를 얹어 조심조심 걸음을 옮기던 모습은 다시 볼 수 없는 그림이 돼버렸다.

기행수첩

공동우물은 아직도 곳곳에 그 흔적이 남아있습니다. 물론 아낙네들이 사라진 풍경이 좀 허전하긴 하지만……. 대부분은 사용하지 않기 때문에 뚜껑을 덮어두었거나 물이 말라 있습니다. 어느 곳은 아예 통째로 메워버리기도 했고요. 그나마 원형을 갖춘 공동우물을 보고 싶으면 전남 순천의 낙안읍성을 가보라고 하고 싶습니다. 이곳도 꽤 여러 번 찾아갔습니다. 갈 때마다 감탄을 자아내는 그 무엇이 있거든요. 관심을 어디에 두느냐에 따라 매번 새로운 것을 보고 올 수 있는 곳입니다. 보물찾기를 하는 기분입니다. 성곽 가까이에 공동우물이 있습니다. 원형을 잘 유지하고 있고 아직도 물이 넘쳐 흐릅니다. 우물곁에 가만히 앉아있노라면 아낙들의 까르르~ 하는 웃음과 수다가 들릴 것 같습니다. 낙안읍성은 보성, 벌교와 가까워서 볼거리가 무척 많은 곳이기도 합니다. 겨울에 간다면 벌교의 찰진 꼬막 맛을 꼭 보고 오라고 권하고 싶습니다.

상여집
언제나 무섭던 그곳에 남겨진 전설

그날 그 일이 어디서부터 시작됐는지 딱 집어 말하기는 쉽지 않다. 미처 해가 지기도 전에 허겁지겁 달려오는 산골마을의 어둠에 묻어온 것일지도 모른다. 겨울이 깊어갈수록 낮의 길이는 몽당연필처럼 자꾸 짧아져갔다. 악동들이 영훈네 사랑방에 모여드는 시간도 갈수록 빨라졌다. 사랑방 하면 둘러앉아 새끼를 꼬는 남정네들이나 장죽을 입에 문 노인이 떠오르기 마련이지만 영훈네 사랑방은 좀 달랐다. 몇 해 전 영훈 아버지가 세상을 뜬 뒤 악동들의 차지가 되었다.

그 집 사랑방에 아이들이 모여드는 이유는 마음이 바다처럼 넓고 비단처럼 고운 영훈 어머니 덕분이기도 하다. 아이들이 모이면 그녀는 하다못해 찐 고구마와 동치미라도 내놓았다. 넉넉하지 못한 살림에 밤마다 아이들 입정거리를 댄다는 게 쉬운 일은 아니었다. 하지만 그렇게라도 해야 아버지 없는 아들의 기를 살린다고 철석같이 믿고 있는 그녀였다. 수저를 놓고 돌아서면 뱃속의 거지가 종주먹질을 해대는 아이들에게는 삼 년 가뭄에 단비처럼 반가운 간식이었다.

그날도 아이는 저녁 밥상에서 물러나자마자 영훈네 사랑방으로 갔다. 아이들은 사랑방에 모여서 숙제를 하거나 이야기보따리를 풀었다. 연을 만들거나 팽이를 깎기도 했고 가끔 어른들 흉내를 내느라 윷가락을 던지기도 했다. 물론 겨울밤 닭서리 같은 악동 짓도 빠질 리가 없었다.

그날따라 아이들은 머리에 쥐가 날 정도로 심심했다. 어린아이들이란 게 알고 있는 이야기를 톡톡 털어 봐도 금세 밑천이 드러나게 마련이었다. 그런 참에 영훈 어머니가 고구마를 내왔다. 아이들의 얼굴이 아침햇살 맞은 나팔꽃처럼 활짝 펴지더니 뒤질세라 고구마에 매달렸다. 어느 녀석은 껍질을 벗길 틈도 없이 입에 밀어 넣었다. 아이 역시 큰 놈으로 하나 베어 물었다. 문제는 막판에 일어났다. 고구마가 딱 하나 남은 것이었다. 아이들의 눈이 병아리를 본 매처럼 일제히 빛났다. 순간 두목 격인 병구와 먹는 것 하나는 절대 남에게 지지 않는 용득이, 그리고 아이의 손이 단 하나 남은 고구마에 얹혔다. 병구가 험악한 표정을 지으며 양쪽 손의 주인공들을 한 번씩 훑었다. 평소 같으면 그 눈초리가 무서워 얼른 손을 움츠렸을 것이다. 하지만 눈앞에 있는 건 고구마였다. 세 아이의 손은 조금도 움직이지 않았다. 인상을 쓰는 게 안 먹히자 병구가 으르렁거렸다.

"손들 떼라. 늬들이 이 엉아한테 이러면 쓰것냐?"

"엉아? 너랑 나랑 동갑인디 늬가 왜 엉아여?"

"얌마. 늬들 같은 꼬맹이한테는 당연히 엉아지. 늬들 용골에 혼자 가봤어? 오밤 중에 상엿집 가봤어? 난 형들하고 놀면서 그런 거 뗀지 오래란 말이다."

녀석의 표정은 승부가 끝났다는 듯 자신이 넘쳤다.

"그깟 거 나라고 못할까봐 그러냐?"

처음엔 그 소리가 용득이의 입에서 나왔을 거라고는 누구도 믿지 않았다. 하지만 그 순간의 용득이는 평소의 '주눅 든 반편이'가 아니었다. '게임'은 거기서부터 시작되었다. 도깨비바위 옆에 있는 상엿집에 다녀오는 아이가 남은 고구마를 먹기로 한 것이다. 한 아이가 수건을 가져다 상엿집 안에 걸어두면 다음 아이가 가져오는 걸로 성공 여부를 확인하기로 했다. 한 사람도 빠짐없이 간다는 조건이었다. 처음엔 농담 비슷하게 시작됐지만 아이들은 금세 이상한 열기에 휩싸였다. 누가 겁쟁이소리를 듣느냐 누가 용기 있는 자가 되느냐를 판가름하는 자리였다. 그 결과가 앞으로 동네 아이들의 서열을 정하는 기준이 될 터였다.

큰소리쳤던 용득이가 맨 먼저 가기로 했다. 자기는 이미 여러 번 다녀왔으니 맨 나중에 가겠다는 병구의 말에는 모두 고개를 끄떡였다. 파란 하늘에 배부른 송편 같은 달 하나와 보석처럼 빛나는 별들이 점점이 박혀있는 밤이었다. 사위는 그리 어둡지 않았다. 용득이는 신라군과 싸우러 가는 계백장군처럼 비장한 표정으로 길을 나섰다. 전날 내려 쌓인 눈을 밟자 뽀드득뽀드득 소리가 정적을 깼다.

용득이가 떠난 뒤 몇몇 아이의 얼굴에는 겁먹은 표정이 역력했다. 도깨비바위와 상엿집이 어딘가. 대낮에도 혼자 가기는 무서운 곳이지 않던가. 상여라는 게 죽은 사람을 태우고 무덤까지 가는 것이니 꺼림칙할 수밖에 없었다. 상여를 보관하는 상엿집은 대개 동네와 조금 떨어진 외딴곳에 짓게 마련이었다. 상여를 쓸 일이 없는 한 누구도 가까이 가기를 꺼려했다. 밤이면 괴괴한 모습이 더욱 무서웠다.

도깨비바위 역시 무섭긴 마찬가지였다. '건넛마을 장쇠가 술에 취해 도깨비바위 옆을 지나가는데 껑충하게 큰 사내가 나타나더니 씨름을 하자고 하더란다…… 허리를 잡고 실랑이를 벌이다가 결국 넘어트렸는데 아침에 보니 빗자루가 누워 있었다

지.' 그런 전설이 있는 곳이었다.

너도나도 큰소리를 치는 통에 질 수 없어 가겠다고는 했지만 두려움은 갈수록 증폭됐다. 오직 병구만 무표정한 얼굴로 아랫목을 지켰다. 아이들은 말이 없어졌다. 용득이를 기다린다고는 하지만 어쩌면 돌아오지 않기를 빌고 있었는지도 몰랐다. 아이 역시 무서웠다. 모두 없었던 일로 하고 집으로 돌아가 두 다리 뻗고 잠들고 싶었다. 그때였다. 밖에서 눈을 밟는 뽀드득 소리가 들려왔다. 벌써? 아이들이 설마 하는 표정으로 눈을 둥그렇게 떴다. 병구가 벌떡 일어나더니 문을 열었다. 용득이가 문 앞에 서 있었다. 수건이 있던 손은 비어 있었다. 뒷간에라도 다녀온 듯 편안한 얼굴이었다.

이번엔 아이가 갈 순서였다. 평생 굴욕 속에 살 것이냐, 죽을 때 죽더라도 상엿집을 다녀올 것이냐의 갈림길에 서니 눈물이 날 것처럼 외로웠다. 아이가 이를 악물고 일어섰다. 문을 나서자마자 칼날 같은 바람이 뺨을 할퀴었다. 하늘에 박혀있던 별들이 우수수 쏟아지고 있었다. 달빛도 장대처럼 쏟아져 눈 위에 누웠다. 아이의 몸이 자꾸 움츠러들었다. 공포든 추위든 모두 털어버리기라도 할 듯 걸음이 빨라지더니 종국에는 뛰기 시작했다. 저만치 도깨비바위가 눈에 들어왔다.

순간 아이의 걸음이 얼어붙어 버렸다. 어쩌지? 어쩌지? 재작년에 죽은 순길이할 매 귀신이 있을지도 모르는데……. 생각이 자라날수록 아이는 공처럼 작아졌다. 하지만 예까지 와서 그냥 돌아갈 수는 없는 일이었다. 상엿집 앞에 선 아이의 몸이 사시나무처럼 떨렸다. 가까이서 보는 상엿집은 금세라도 무너질 듯 낡아 있었다. 아이가 다시 이를 악물더니 아귀가 맞지 않는 문을 슬쩍 당겼다. 끼이익~ 비명과 함께

문이 열렸다. 눈앞에 허연 것이 흔들리고 있었다. 흠칫 놀라 뒷걸음치던 아이가, 용득이가 두고 간 수건이라는 걸 알고 긴 숨을 내쉬었다. 얼른 수건을 쥐더니 꼬리에 불이라도 붙은 것처럼 달음질치기 시작했다.

용득이와 아이가 다녀온 뒤로는 비교적 쉽게 진행됐다. 심약한 아이 두엇이 죽어도 못 간다고 나자빠졌지만 나머지는 과감하게 원정길에 나섰다. 결국 모두 다녀오고 병구만 남았다. 왠지 아랫목에서 한참 뭉그적거리던 병구가 느린 걸음으로 떠나

고 난 뒤 사랑방에서는 안도의 한숨이 터져 나왔다. 모든 건 끝났다. 이제 고구마를 누가 먹을 것인가 따위는 중요하지 않았다.

병구가 돌아올 시간이 되면서 아이들의 관심은 창밖으로 모아졌다. 가장 빠른 시간에 다녀오겠지 하는 기대를 실어서……. 뭔가 이상하다는 느낌이 들기 시작한 건 그리 오래 지나지 않아서였다. 한참 지났는데도 밖에선 기척이 없었다. 방안이 조금씩 들썩거리기 시작했다.

"무슨 사고라도 난 건 아닐까? 정말 귀신이라도? 아니면 도깨비한테?"

"에이, 그럴 리가…… 다른 애도 아니고 병군데……."

"그럼 혼자 집에 가서 자빠져 자는 겨? 혹시 모르니 모두 함께 상엿집에 가보자."

모두들 고개를 끄떡거렸다. 손을 잡은 아이들은 아무것도 무섭지 않았다. 상엿집에 도착할 때까지 병구는 보이지 않았다. 맨 앞에 섰던 아이가 상엿집 문을 여는 순간이었다. 악! 하는 비명이 빈 들판을 찢었다. 바닥에 병구가 널브러져 있었다. 뭔가에 놀라 도망쳤던 듯 입구 쪽을 향해서였다. 입에는 허연 거품을 물고 손에는 수건을 꼭 쥔 채……

기행수첩

사용하고 있는 상엿집을 찾는 것 역시 그리 쉬운 일은 아니었습니다. 관광 상품이 아니니 지도나 안내서에 표시돼 있을 리도 없고 아무 동네나 가서 상엿집을 찾아내라고 할 수도 없는 일이었습니다. 전에는 산기슭에 외롭게 서 있는 것을 쉽게 볼 수 있었는데 말입니다. 마침 안동에 잘 보존된 상엿집이 있다는 말을 듣고 물어물어 찾아갔습니다. 그 지역에서는 곳집이라고 부릅니다. 안동시 일직면 망호2리. 그곳의 상엿집은 규모도 큼직하고 지붕에 기와를 얹은 번듯한 외양이었습니다. 19세기 초에 만들었다는데 돌과 흙으로 지었습니다. 경북문화재자료 제384호로 등록돼 있다고 합니다. 재미있는 건 보통 외딴 곳에 있기 마련인 상엿집이 이곳에서는 마을 앞길에 턱 버티고 있다는 점입니다. 열린 문으로 보니 안에는 틀, 혼가마, 만장 등 각종 용구가 흩어져 있었습니다. 사용하지 않은 지 꽤 오래된 듯했습니다. 하긴 상여를 쓸 일이 거의 없지요. 시골에 노인이 없는 게 아니라 상여를 멜 만한 젊은 사람이 거의 없기 때문입니다.

상여 중에 유명한 것은 충남 예산군 덕산면 광천리에 있는 남은들상여입니다. 흥선대원군이 아버지 남연군묘를 이장할 때 사용한 뒤 남겨놓고 간 것이라고 합니다.

수세미오이
담마다 주렁주렁…… 그리운 풍경

"수세미면 수세미고 오이면 오이지 수세미오이는 또 뭐람?" 하는 분도 있을 것 같습니다.

하지만 수세미와 수세미오이는 분명히 다릅니다.

수세미는 설거지할 때 그릇 씻는 것을 말합니다.

즉, 수세미오이에서 추출한 섬유질을 말하는 것이지요.

수세미오이는 모양이 오이처럼 생겼기 때문에 수세미외 또는 수세미오이라고 부릅니다.

수세미오이는 박과의 한해살이 덩굴식물입니다.

봄에 호박처럼 씨앗을 심으면 7~10월에 노란 꽃이 피고 열매를 맺어 가을에 거두지요.

덩굴손으로 다른 물건을 감아 올라가는 특성을 갖고 있으며 잎은 손바닥 모양으

로 갈라집니다.

긴 자루형태의 열매는 성장기에는 오이처럼 녹색이다가 익으면 누렇게 변하며 겉에 세로로 얕은 골이 집니다.

다 자라면 보통은 30~60cm 정도 되지만 사람 키(1~2m)만큼 길게 자라는 종자도 있습니다.

열매가 익으면 안에 종자를 감싸는 그물 모양의 섬유질이 형성되고 그 안에 검은 씨가 생깁니다.

따서 물에 담가두면 과피(果皮)가 자연스럽게 떨어져 나가는데, 끈적끈적한 과육을 씻어내고 종자를 빼내면 수세미가 되는 것입니다.

농촌에는 가을이 되면 울타리마다 팔뚝만 한 수세미오이가 매달려 있었습니다.

둥글둥글한 산들이 마을을 감싸고, 그 자락마다 초가집들이 닮은꼴로 늘어서 있는 풍경은 어디나 다르지 않았습니다.

초가지붕에는 허여멀겋게 분단장한 박들이 잘 익은 햇살을 품어 안습니다.

지붕이 산을 닮았다면 박은 어찌 그리 보름달을 닮았는지, 밤에 보면 무엇이 달이고 무엇이 박인지 구분하기 힘듭니다.

마당 곁의 비알(비탈을 일컫는 방언)에는 호박넝쿨이 어우러지고 사이사이 달린 호박은 단맛을 가득 머금고 여물어갔습니다.

열리고 매달린 것은 박과 호박뿐이 아니었습니다.

듬성듬성 개구멍이 흰한 싸리울에는 수세미오이와 하눌타리가 주렁주렁 매달려 있었습니다.

수세미오이든 하눌타리든 겨울양식이나 아이들 군것질거리조차 못되지만 어지간한 집의 담에서는 보기 어렵지 않았습니다.

넝쿨이 손을 뻗고 줄기가 어깨를 겯고 열매가 소담스럽게 매달려 있으면 낡은 울타리도 생명력이 넘쳐흘렀지요.

살아있는 것들을 품어 안고 키움으로써 자신도 늘 살아있는 셈이었습니다.

수세미오이는 단순히 부엌에서 쓰는 수세미의 원료로만 쓰인 것은 아니었습니다.

하나하나 꼽아보면 수세미오이만큼 다양한 용도로 사용되는 열매도 드뭅니다.

어린 열매는 호박처럼 나물로 만들어 먹기도 했습니다.

줄기를 잘라 나오는 수액은 피부미용이나 화장수 원료로 사용합니다.

열매의 섬유질은 신 바닥깔개·모자 속·슬리퍼·바구니 등을 만드는 데 쓰이기도 합니다.

종자는 기름을 짜고 깻묵은 비료 또는 사료로 씁니다.

가장 많이 쓰이는 데는 약용입니다.

아이를 낳은 뒤 젖이 잘 나오지 않으면 수세미오이를 달여 먹었습니다.

또한 몸에 열이 많아 생기는 가래를 삭이고, 뜨거운 피를 식혀 줌으로써 혈액순환을 촉진시키는 성분도 가지고 있다지요.

변비나 얼굴이 달아오르는 증상을 치료하는 데도 효과가 있습니다.

축농증일 때 수세미 줄기를 잘라 그 수액을 먹기도 했지요.

씨와 잎은 이뇨 및 해독작용을 하고, 껍질과 뿌리는 진통·소염 작용을 한다고 합니다.

이밖에도 약효는 일일이 헤아리기가 어려울 정도로 많습니다.

그 뛰어난 약효 때문에 요즘도 섬유질이 생기기 전의 수세미에 황설탕을 재어서 효소를 만드는 사람들이 있습니다.

언제부턴가 부엌에서 천연 수세미가 모두 추방되었습니다.

그 자리를 석유화학제품이 차지하고 있지요.

천연 수세미를 쓰고 싶은 사람이 아주 없는 것은 아니겠지만, 구하는 게 만만치 않습니다.

관상용이나 연구용, 약용으로 조금씩 심을 뿐입니다.

그런 형편이니 남도 땅을 지나다 돌담에 기대어 졸고 있는 수세미오이를 발견하면 어릴 적 친구라도 만난 듯 반갑기 그지없지요.

수세미오이가 귀해진 계기를 굳이 따진다면, 초가집을 함석집이나 슬레이트 지붕으로 바꾸고 싸리울이나 토담을 시멘트 담으로 바꾼 뒤부터일 것입니다.

번듯한 시멘트는 생명을 품어 키우는 일 따위에는 인색하니까요.

울타리가 시멘트로 바뀐 뒤부터 사람 사이에도 담이 쌓이기 시작했겠지요.

엉성해서 서로 들여다보이는 울을 끼고 살 때야, 벽이 생길 틈이 어디 있었겠습니까.

수세미오이가 사라지고, 부엌에 화학제품이 넘친다고 해도 살아가는 데는 아무런 불편이 없습니다.

더구나 세상은 수세미나 그리워할 만큼 한가하게 돌아가지도 않습니다.

그래도 싸리울마다 여린 덩굴이 손을 내밀던 모습이나 팔뚝만 한 수세미오이가 주렁주렁 매달렸던 풍경을 그리워하는 사람은 아직 꽤 많습니다.

아니, 그리움은 세월이 갈수록 선명한 색깔로 채색됩니다.

사라지는 것들은 그냥 떠나기 섭섭해서, 늘 그리움이라는 씨앗을 뿌리고 가는 모양입니다.

기행수첩

수세미오이를 찾기 위해 여기저기 수소문했습니다. 사실 뭐든지 찾으면 더 안 보이기 마련이잖아요. 지천이던 수세미오이도 그랬습니다. 경북 영주시 농업기술센터에서 연구용 수세미를 재배한다는 소식을 듣고 찾아가봤습니다. 아무나 출입하는 곳이 아니라서 사전에 연락해서 견학 허락을 받았습니다. 여름의 끝물이었기 때문에 온갖 종류의 열매를 다 볼 수 있었습니다. 그런데 이상한 것이, 그곳에서 수세미를 보고 난 뒤로는 여행길의 곳곳에서 수세미를 만날 수 있었습니다. 가을에 순천 낙안읍성에 갔다가, 추수과정을 취재하기 위해 아산 외암마을에 갔다가, 또 충청도 어느 시골길을 지나가다 담장에 매달린 다양한 모양의 수세미와 만났습니다. 그리고 보면 아직은 수세미를 심는 집도 꽤 있다는 이야깁니다.

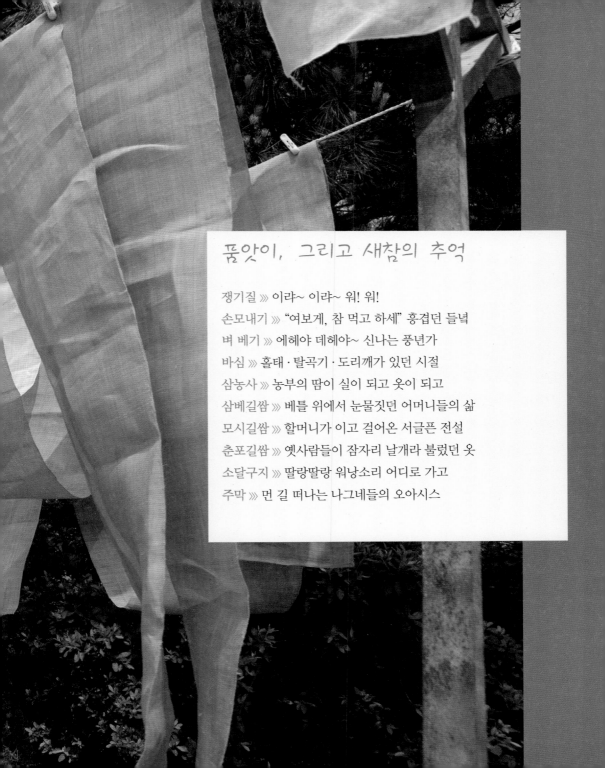

품앗이, 그리고 새참의 추억

쟁기질 》 이랴~ 이랴~ 워! 워!
손모내기 》 "여보게, 참 먹고 하세" 흥겹던 들녘
벼 베기 》 에헤야 데헤야~ 신나는 풍년가
바심 》 홀태·탈곡기·도리깨가 있던 시절
삼농사 》 농부의 땀이 실이 되고 옷이 되고
삼베길쌈 》 베틀 위에서 눈물짓던 어머니들의 삶
모시길쌈 》 할머니가 이고 걸어온 서글픈 전설
춘포길쌈 》 옛사람들이 잠자리 날개라 불렀던 옷
소달구지 》 딸랑딸랑 워낭소리 어디로 가고
주막 》 먼 길 떠나는 나그네들의 오아시스

쟁기질
이랴~ 이랴~ 워! 워!

나무들이 겨우내 품고 있던 초록을 잔가지마다 밀어내기에 분주할 즈음, 들녘에는 논밭을 가는 농부의 목소리가 울려 퍼집니다.

봄은 농부의 땀과 쟁기의 보습을 타고 논으로 밭으로 마을로 춤추듯 옵니다.

꽁꽁 얼었던 땅은 봄바람의 간지럼에 키득키득 웃다가 저도 모르게 눅지근하게 풀어져 버립니다.

하지만 아무리 부드러워 보여도 그 땅에 그대로 씨를 뿌리는 농부는 없습니다.

깊이 숨었던 땅의 속살을 끄집어내어 햇볕과 바람 아래 널어두는 것으로부터 한 해의 농사가 시작됩니다.

지난해 농작물에게 양분을 다 내어준 흙은 갈무리하여 쉬게 하고, 1년간 힘을 비축한 속살을 불러내는 게 바로 쟁기질입니다.

농부들은 추수가 끝난 늦가을부터 새봄의 농사를 준비합니다.

남상인 제공

　쟁기보습이 녹슬지 않도록 잘 닦아서 보관하는 것은 물론, 겨우내 지극정성으로 소를 돌봅니다.

　쇠죽을 끓일 때마다 쌀겨를 듬뿍 넣고 사람도 아껴먹는 콩으로 보신을 시키기도 합니다.

　소는 겨울에 잘 먹여둬야 봄에 힘을 쓰기 때문입니다.

　새내기 일소에게는 코뚜레도 하고 멍에를 얹어서 무거운 것을 끌고 다니는 훈련을 시킵니다.

　그래야 봄에 꾀를 안 부리고 논밭갈이를 잘하기 때문입니다.

　남녘으로부터 꽃소식이 들려오면 농부는 살이 두둑하게 오른 소를 앞세우고 논밭으로 갑니다.

멍에를 얹고 부리망(풀을 뜯어먹는 등 딴전 피우기를 막기 위한 입마개)을 채우고 쟁기를 매단 다음 "자! 올해도 잘해보자." 부탁하는 것도 잊지 않습니다.

겨울에 새끼를 낳은 암소는 안타까운 풍경을 연출하기도 합니다.

엄마를 따라 밭으로 나온 송아지는 쟁기질을 하는 동안 왔다갔다 따라다닙니다.

어미는 그런 새끼가 눈에 밟혀 일하는 내내 마음이 편치 못합니다.

그러다 잠시 쉴 때면 가쁜 숨을 가라앉히기도 전에 선 채로 젖을 물리고 안도의 숨을 내쉽니다.

아무 소나 쟁기를 끄는 게 아니듯이 농부도 아무나 쟁기를 부릴 수 있는 건 아닙니다.

쟁기질에도 기술이 필요합니다.

처음 쟁기질하는 사람은 소에게 질질 끌려 다니다가 삐뚤빼뚤 땅거죽만 벗겨놓기 십상입니다.

보습을 적당히 박아 넣어 제대로 갈아엎지 않으면 쟁기질을 하나마나입니다.

그렇다고 보습이 땅에 박힐 정도로 깊이 찔러 넣으면 힘만 빠지지 앞으로 나아가지 못합니다.

기술보다 더 중요한 것은 소와의 교감입니다.

훌륭한 농부는 소와 진지하게 대화를 나눕니다.

소는 기계처럼 부리는 게 아니라, 가족처럼 일을 나누는 것이라는 순리를 아는 까닭이지요.

대충 이랴~ 이랴~ 하며 따라다니면 논밭이 갈아지는 것 같아도, 어떻게 하느냐에 따라 소가 말을 잘 듣기도 하고 꾀를 부리기도 합니다.

소를 아는 농부는 함부로 욕도 하지 않습니다.

쟁기질에 능숙한 농부는 이곳저곳에서 논밭을 갈아달라고 찾기 때문에 농사철에는 눈코 뜰 새가 없었습니다.

소를 구경하기 힘든 궁벽한 마을, 놉(품팔이 일꾼)을 사기도 어려운 농가에서는 궁여지책으로 아내가 소가 되고 남편이 쟁기잡이가 되어 밭을 갈기도 했습니다.

작물을 심어놓은 밭의 이랑을 돋울 때, 작물이 다치지 않게 쟁기를 사람이 끌기도 했고요.

요즘은 그나마도 보기 쉽지 않습니다.

어지간한 벽지, 손바닥만 한 논밭이 아니면 기계가 들어앉아 땅을 갈아엎습니다.

소를 거두는 것도 힘들지만, 쟁기질을 할 만큼 근력 있는 젊은 농부들이 거의 없기 때문이기도 합니다.

그러니 경운기를 몰 능력이 안 되면 눈물을 머금고 묵정밭으로 만드는 수밖에 없지요.

사연이야 어떻든 간에, 농촌에 갈 때마다 쟁기질이 사라진 풍경은 낙락장송이 빠진 산수화처럼 허전하기 그지없다는 생각을 합니다.

세상은 앞으로 달려가는데 자꾸만 뒤를 돌아보는 '선천적 그리움증' 환자가 더 문제일지도 모른다는 생각도 들고요.

소를 이용한 쟁기질을 보기란 쉽지 않습니다. 이곳저곳 오지를 돌아다니는 게 일이다 보니 담벼락에 쟁기나 써레가 매달려 있는 걸 가끔 보긴 하지만 논밭에서 쟁기질하는 풍경과 딱 마주치는 경우는 드 뭅니다. 하지만 아무리 기계농사로 바뀌었다고 해도 소 쟁기질을 하는 곳은 아직도 꽤 남아 있습니다. 오지에는 소와 쟁기가 아니면 안 되는 논밭이 꽤 있거든요. 98쪽의 사진은 아주 우연하게 찍을 수 있었 습니다. 강원도 정선군 동면 백전리에 있는 물레방아를 취재하고 나오는 길에 쟁기질하는 한 부부를 발견했습니다. 그때의 반가움이란…… 양해를 구하기도 전에 셔터부터 누르고 말았습니다. 97쪽의 사 진은 제가 다니는 신문사의 남상인 기자(현 서울신문 사진부장)가 제공했습니다. 지리산 어느 골짜기 다랑논에서 찍었다고 하더군요. 아무래도 사진기자들은 저보다 포인트 찾는 법에 익숙한 것 같습니다. 남 부장에게 감사드립니다.

손모내기
"여보게, 참 먹고 하세" 흥겹던 들녘

어허이~ 어이~

못줄을 넘기는 소리가 들판을 달음질쳐 나간다. 앞산에서 꾀꼬리가 긴 울음으로 화답한다. 엎드려 모를 심던 사람들이 일제히 허리를 펴고 휘유우~ 긴 숨을 몰아쉰다. 미처 모를 덜 꽂은 몇은 화들짝 놀라 손을 재게 놀린다.

오늘은 광자네 집 논에 모를 심는 날이다. 광자 아버지는 지난겨울 나뭇짐을 지고 산에서 내려오다 넘어진 뒤 자리에서 일어나지 못하고 있다. 광자 엄마가 남정네 못지않게 억척스럽다고는 하지만 여자 혼자 농사일을 다 하기란 쉬운 일이 아니다. 특히 논농사는 자칫하면 때를 놓치기 십상이라 동네 사람들이 모여 모를 심어주는 것이다.

모내기는 손을 많이 필요로 하기 때문에 보통 품앗이로 해결한다. 품앗이가 일손을 빌렸다가 그만한 몫으로 갚는 것이라고는 하지만, 각박함을 전제로 하지 않기 때문에 손이 없어 쩔쩔매는 집이 있으면 십시일반으로 도와주기 마련이었다. 어둠이 채 흔적을 지우기 전부터 동네 사람들이 광자네 논으로 모여들었다. 전날 물을 가두고 써레질을 해둔 터라 모를 심기만 하면 된다. 몇몇은 못자리 논으로 가 모를 찌고 (뽑고) 몇 사람은 찐 모를 지게로 져 나른다. 모는 전날 쪄놓기도 한다.

모춤(심기 좋도록 모를 서너 움큼씩 묶은 단)을 논에 적당히 배분하고 나면 모잡이(모를 심는 사람)들이 논에 길게 늘어선다. 그리고 줄잡이들이 양쪽에 말뚝을 박아 못줄을 치면 모심기 준비는 모두 끝난다. 못줄은 논을 가로지르도록 만든 긴 끈으로 줄모(줄을 맞춰 일정한 간격으로 심는 모)를 심기 위한 필수도구이다. 못줄에는 일정한 거리를 두고 눈표를 붙이거나 묶어서 표시를 해둔다. 모잡이들은 그 표시에 맞춰 모를 꽂으면 된다. 줄잡이를 논 양쪽에 별도로 두기도 하지만 보통은 숙달된 모잡이를 양쪽 끝에 배치하여 모를 심으면서 줄을 넘기는 일을 함께 한다. 못줄의 양쪽 끝에는 말뚝이 달려 있어 심을 때는 논 가장자리에 꽂아놓고, 한 줄을 모두 심으면 소리신호와 함께 말뚝을 빼서 높이 든다. 시청각적 효과를 함께 노리는 셈이다. 한 사람이 어허이~ 하며 소리를 내고 다른 쪽이 어이~ 하고 답하면 못줄을 옮긴다. 못줄을 넘기겠다는 신호가 들리면 미처 모를 덜 꽂은 손들이 부리나케 움직인다. 만약 자기가 맡은 영역을 채우지 못하면 기계충 앓은 머리처럼 그곳만 뚫려버리기 때문에 잠시도 방심하면 안 된다.

오랜 세월 논밭에서 뼈가 굵어온 농부들은 좀 덜하지만, 처음 모를 심어보는 사람은 몇 줄 심고 나면 허리가 끊어질 듯 아프다. 허리를 구부려야 모를 꽂을 수 있기 때문에 어쩔 수 없는 현상이다. 그렇다고 아무 때나 허리를 펼 수도 없다. 남들과 호

흡을 맞추지 않으면 모심기는 엉망이 된다. 하지만 그 정도의 고통은 당연한 것인지도 모른다. 모를 심는다는 건, 이 땅의 백성들이 먹고 살아갈 양식을 주는 땅에 깊숙이 머리를 숙여 좋은 소출을 부탁한다는 의미도 지닌 것이다. 그러니 허리 좀 아프다고 도망칠 수야 없는 일. 그렇게 하늘이 주는 햇빛과 비, 그리고 땅의 양분과 기운에 농부의 땀방울이 더해야 비로소 쌀 한 톨이 얻어지는 것이다.

정신없이 모를 심다가 자신의 다리를 내려다보면 손가락만 한 거머리가 달라붙어 피를 빠는 걸 발견하기도 한다. 처음 논에 들어가는 사람들은 소리를 지르고 난리지만 농부들은 툭 떼어 멀리 던져 버리면 그만이다. 그러다 보면 어느 순간 와아!

하고 탄성이 나오기 마련이다. 빈 논은 어느덧 반이나 줄어들고 가슴은 빈 논이 줄어든 만큼의 흐뭇함으로 채워진다.

논에서 동네 사람들이 땀을 흘리고 있는 사이 광자네 집 부엌도 분주하다. 광자 엄마는 전날 저녁부터 음식을 준비했다. 품앗이의 미덕은 부엌이라고 다르지 않아 동네 아낙 두엇이 일찌감치 와서 일을 돕는다. 모심는 날은 점심 외에도 새참을 두 번 더 내야 한다. 새벽부터 일을 시작하고 또 중노동을 하기 때문에 아침을 단단히 챙겨먹어도 금세 속이 헛헛하기 마련이다.

새참 준비가 끝나면 소쿠리에 담아 머리에 이고 논으로 간다. 나무 그늘 아래 펼쳐놓고 소리를 질러 참이 왔다는 걸 알린다. 그러면 줄잡이의 "먹고 하세." 하는 소리와 함께 모두 일손을 멈추고 밖으로 나온다. 새참은 국수처럼 쉽게 먹을 수 있는 것과 함께 막걸리를 낸다. 목마른 남정네들은 국수보다는 막걸리에 먼저 눈이 간다. 한두 잔 정도는 숨도 쉬지 않고 넘긴다.

요즘은 대부분의 농촌에 이앙기가 보급되었기 때문에 손으로 모를 심는 일이 거의 없다. 경사가 심한 다랑논이거나, 다른 작물을 거두고 심느라 아주 늦게 모를 낼 때나 활착이 쉽도록 손모내기를 한다. 어쩌다 '농촌체험'이라는 이름으로 도회지 사람들을 모아서 모를 심는 풍경을 연출하기도 하지만, 그야말로 '쇼'일 뿐이다. 뜬 모가 많아 그들이 가고 나면 전부 다시 심어야 할 때도 있다고 한다.

손모내기가 사라진 이유는 농기계 보급의 영향이기도 하지만, 그럴 만한 인력이 없기 때문이기도 하다. 그러다 보니 농촌풍경이나 인심도 옛날 같지 않다. 이젠 새참을 읍내 자장면집에서 배달하기도 한다. 풋고추 안주 삼아 캬아~ 소리와 함께 마시던 막걸리도 맥주로 바뀐다고 한다. 누구나 지나간 풍경을 조금 과장해서 그리워하게 마련이다. 길게 늘어서서 어허이! 소리와 함께 모를 심던 장면을 더 이상 보기 어려울 거라는 생각에 가슴이 허전하다.

벼 베기
에헤야 데헤야~ 신나는 풍년가

"내일은 벼 베는 날이니 어서 자거라. 아침에 일어나서 할 일이 많다."

"응, 그런데…… 음…… 나도 벼 베면 안 돼?"

"얘가 무슨 새빠진 소릴 하는 겨. 그게 소나 개나 다 하는 일인 줄 아냐?"

삶은 호박에 이도 안 들어갈 소리 그만 두고 잠이나 자라는 어머니의 핀잔에 아이는 기가 죽고 만다. 내가 맨 날 애들인 줄 아나. 나도 이제 5학년인데 씨이……. 혼자 웅얼거려보지만 그 정도로 상황이 바뀔 턱은 없다. 아이는 꼭 벼를 베어보고 싶은데 어른들은 말도 못 꺼내게 한다. 아이 눈에는, 낫으로 써억 써억 벼를 베어 나가는 광경이 황홀하도록 아름다웠다.

애당초 아이 가슴에 불을 지른 건 동네친구 창식이였다. 하굣길에 녀석이 옆구리를 쿡쿡 찌르더니 비밀이라도 털어놓듯 말을 꺼냈다.

"너 벼 베어봤냐?"

"뭔 소리여? 어떻게 애들이 벼를 베냐?"

"그래서 늬들은 맨 날 애들인 겨. 벼를 베어봐야 어른이 되지. 이 형님은 작년부터 벼를 베었단 말이다."

벼를 베어야 어른이 된단 말이 개가 풀을 뜯는다는 소리처럼 뜬금없어 보이지만, 가만 생각해보면 아주 틀린 말은 아니었다. 벼는 어른들만 베지 않던가.

물론 창식이가 벼를 베어본 건 그럴만한 사정이 있기 때문이었다. 창식이는 아버지를 일찍 여의었다. 그래서 어머니 혼자 농사를 짓는다. 모를 내는 것처럼 큰일이야 동네 사람들의 도움이나 품앗이로 해결한다지만 어지간한 일은 혼자 해야 한다. 그러니 창식이 어머니는 맨 날 논밭에서 살다시피 한다. 창식이 역시 반(半)농군이 될 수밖에 없었다. 창식이가 자랑하는 것도, 다락배미는 놉을 사지 않고 모자가 직접 베다 보니 나온 말이었을 것이다. 그런 사정이 아니라면 시퍼런 낫을 어린 자식에게 들려 논으로 들여보낼 부모가 어디 있겠는가. 손을 베거나 다리를 찍지 않으면 다행이었다. 더구나 벼 베기는 그리 만만한 일이 아니다. 여러 포기를 한꺼번에 잡고 약간 비스듬히 하여 단번에 베 올려야 하는데 숙달되지 않으면 헤매게 마련이었다.

하지만 아이는 벼를 베지 못하도록 하는 게 영 불만이었다. 꼴망태 메고 풀 베러 다닌 게 어디 한두 번인가. 지게 지고 나무하러 다닌 게 하루 이틀인가. 벼 베는 일이라고 다를 게 뭐 있담. 아이는 뒷간이라도 가는 듯 자리에서 일어나 문을 열고 나간다. 등잔불 아래에서 양말을 꿰매던 어머니가 흘긋 쳐다봤지만 별 말은 없다. 달이 금가루를 온 세상에 골고루 뿌리고 있다. 마당가에 선 오동나무가 잎을 흔들어 아는 체한다.

고무신을 꿰어 신은 아이가 뒷간 아닌 뒤꼍으로 간다. 벽에 낫들이 나란히 걸려 있다. 그 중 하나를 조심스럽게 빼어든다. 달빛을 가득 삼킨 낫이 시퍼런 빛을 토해 낸다. 온 몸에 스치는 써늘한 기운에 아이가 움찔한다. 아버지가 오후 내내 갈아놓은 낫들이다. 달도 밝은데 이걸 들고 논에 가서 몰래 베어봐? 암만 못해도 한 마지기는 너끈하게 벨 것 같은데. 아이의 상상이 날개를 단다. 아아, 나도 얼른 어른이 되고 싶다. 벼만 베어보면 되는데…… . 하지만 아이는 낫을 제자리에 놓고 힘없이 돌아선다.

아무것도 결행하지 못한 밤은 쏜살처럼 달려 아침을 데려다 놓는다. 뒤척이다 잠이 들었는가 싶었는데 어른들의 목소리가 두세두세 창호지를 두드린다. 모심기가 그렇듯이 벼 베기 역시 주로 품앗이로 해결한다. 동네 사람들이 오늘은 누구 집 내일은 누구 집 순번을 정해놓고 차례대로 진행하는 것이다. 순번이 닿은 집은 일꾼들이 오기 전에 준비를 해놔야 하기 때문에 정신없이 바쁘다. 모내기철이나 추수철에는 고양이 손이라도 빌린다는 말이 실감 날만큼 일손이 부족하다. 그러니 아이들 역시 놀고 있을 틈이 없다.

누구보다 어머니가 가장 분주하다. 새벽부터 부엌에서 종종걸음이다. 며칠 전부터 조금씩 준비한다고 했지만 장정 여럿이 먹을 수 있는 음식을 장만하는 게 만만치 않다. 아침과 저녁은 각자 집에서 먹는다고 해도 점심 전 새참, 점심, 그리고 점심 뒤 새참까지 세 번의 음식을 내야 한다. 일꾼들 먹을 것만 마련하는 게 아니다. 가을 걷이 때는 모를 내는 봄보다 훨씬 풍요롭게 마련이다. 그래서 날마다 작은 잔치가 벌어진다. 일하는 사람은 물론 가족까지 벼 베는 집에 가서 점심을 먹는 경우도 많다. 일도 품앗이로 하지만 먹는 것 역시 품앗이인 셈이다.

아이도 집과 논을 오가며 심부름을 하느라 바쁘다. 물주전자를 들고 논에 도착했을 땐 벌써 벼를 베기 시작한 뒤다. 누렇게 익은 벼는 금세 줄어들고 봄부터 벼를 안아 키운 논은 감춰뒀던 속살을 수줍게 내놓는다. 아이는 또 다시 벼를 베고 싶다는 유혹에 시달린다. 어른들이 하는 걸 보면 별로 어렵지 않을 것 같다. 벼 포기를 왼손으로 잡고 오른손에 든 낫으로 써억 하고 베어내면 그만 아닌가.

생각에 빠져 있는데 저만치서 어머니가 부른다. 막걸리 심부름이다. 아침부터 벌써 두어 행보를 했건만 참과 점심을 먹으려면 더 필요한 모양이다. 농사 채가 많은 집에서는 막걸리를 통째로 준비하기도 하지만 소농들은 수요를 봐가며 조금씩 사 나른다. 막걸리를 받아오던 아이가 밤산 모퉁이를 돌다 말고 서더니 주전자 주둥이에 입을 댄다. 하지만 주전자가 워낙 크고 무거운지라 자꾸 아래로 처진다. 아이는 아예 주전자를 바닥에 내려놓고 엎드려서 주전자 주둥이를 빤다. 잠시 뒤 캬아~ 하면서 어른 흉내를 내더니 진저리를 친다. 술 심부름을 하면서 아이들이 흔히 하는 짓이다. 그렇게 홀짝홀짝하다가 너무 많이 먹어버려 당혹스러울 때도 있다. 그럴 땐 샘에서 물을 채워갖고 가기도 한다. 하지만 어른들이 그걸 모를 리 없다. 얼굴 색깔만 봐도 한눈에 알아챈다. "뭔 막걸리가 뜨물마냥 이렇게 싱겁다냐?" 하면서도 짐짓 모른 체한다. 자신들도 어려서 많이 해본 짓이기 때문이다.

아이가 논둑에 도착했을 때 마침 어머니와 동네 아주머니들이 새참을 내온다. 논의 벼는 벌써 반 남짓 줄어들었다. 타작까지 하루에 마쳐야 하니까 베는 건 오전에 끝낼 모양이다. 남정네들이 새참과 술을 먹는 동안 어머니와 아주머니들도 한쪽에

앉아 참을 먹는다. 남자들은 막걸리에 손이 더 자주 간다. 두어 잔씩 돌려 마시고도 입맛을 쩝쩝 다신다.

새참 그릇을 물린 어른들이 담배를 한 대씩 무는 사이 아이가 슬그머니 논으로 들어간다. 우렁이라도 주우러 가는 줄 아는지 눈여겨 보는 사람은 없다. 아이가 볏단에 꽂아둔 낫을 슬쩍 빼들더니 벼 포기를 잡고 당겨본다. 쓰윽 하고 베어질 것 같던 벼는 예상 외로 질기게 저항한다. 어? 이상하네? 어른들은 낫을 대기만 하면 썩썩 잘리던데? 아니나 다를까. 논둑에서 고함이 터져 나온다. "야 이 녀석아, 다친다. 어여 나와라." 상주 아버지의 목소리다. 아이가 낫을 놓고 힘없이 돌아선다. 긴 꿈과 작은 반란은 너무 싱겁게 끝났다. 난 아직 어른이 되려면 멀었나? 어른들이 일어서서 엉덩이를 툭툭 털더니 논으로 들어선다. 아이가 터벅터벅 논을 나선다. 벼 베는 날의 한나절은 하늘의 구름처럼 빠르게 흘러간다.

　낫으로 벼를 베는 풍경도 거의 사라졌다. 요즘은 어지간한 골짜기 논까지 기계로 추수를 한다. 설령 기계가 들어가지 않고 낫으로 벼를 벤다고 해도 옛날 같은 흥겨움은 없다. 노인들의 굽은 허리만 안타까울 뿐. 세월은 속도와 편리함을 가져다주고 사람 사이의 정을 거둬가 버렸다. 동네 사람들이 논에 모여 춤을 추듯 벼를 베던 풍경. 에헤야 데헤야~ 들녘 가득 울려 퍼지던 풍년가. 그곳엔 인정과 사랑, 웃음과 한숨이 골고루 버무려진 수천 년의 역사가 있었다.

바심
홀태·탈곡기·도리깨가 있던 시절

바심이 무슨 말인지 궁금한 사람도 많을 것입니다.

바심은 타작(打作)과 비슷한 뜻의 우리말입니다.

즉, 이삭을 떨어서 낟알을 거두는 추수의 마지막 과정을 이르는 말입니다.

가을이면 벼뿐 아니라 콩이나 깨, 수수 같은 잡곡도 바심의 과정을 거쳐서 거둡니다.

손바닥만 한 땅을 가진 집은 바심을 가족끼리 하지만, 대개는 모내기나 벼 베기처럼 품앗이를 하거나 놉을 사서 해결했습니다.

바심 자체가 꽤 숙달된 기술과 여러 사람의 손을 필요로 하기 때문입니다.

벼 바심은 어느 정도 분업 형태로 진행됩니다.

논에서 벼를 져 나르는 사람, 벼를 털거나 훑는 사람, 갈퀴로 검불을 걷어내는 사람, 털어낸 볏짚을 치우거나 쌓는 사람, 알곡을 자루나 가마니에 담는 사람 등이 있습니다.

벼를 져 나르거나 터는 일은 대개 힘 좋은 장정이 하고 검불을 걷어 내거나 볏짚을 처리하는 일은 노인이나 부녀자들이 하기 마련이지요.

요즘이야 바심의 대부분 과정을 기계로 해결하지만, 몇십 년 전만 하더라도 벼의 탈곡(곡식을 떨어내는 짓)은 오직 사람의 노동력에 의지했습니다.

회전식탈곡기와 같은 기계도 그걸 가동하기 위한 동력은 사람의 힘이었으니까요.

가장 오래된 탈곡방식은 벼훑이(벼홀치라고 읽음)일 것입니다.

그 중에도 나뭇가지 두 개의 한쪽 끝을 동여매어 집게처럼 만들고 그 사이에 이삭을 끼워 훑는 방식이 가장 기본적인 것입니다.

일 자체야 누구든 할 수 있을 정도로 간단하지만 그 작은 도구로는 추수 자체가 '세월아 네월아' 할 수밖에 없지요.

그러니 일단 다른 도구로 털어낸 다음 남아있는 낟알을 마저 훑어내는데 주로 쓰였습니다.

또 납작한 쇠살을 나무판에 촘촘히 박고 그 사이에 벼이삭을 끼워서 훑는 그네도 많이 썼습니다.

그네는 쇠로 만든 큰 빗처럼 생겼는데 홀태라고도 부릅니다.

훑는 방식에 대비되는 게, 벼를 어디엔가 때려서 알곡을 털어내는 방식입니다.

나무 절구 같은 큰 통을 뉘어 놓고 볏단을 끈으로 두른 다음 내리치면 낟알이 떨어지는 것이지요.

그네(홀태)

이 방식 역시 근래까지 많이 쓰였지만 힘과 기술이 뒷받침되지 않으면 헛손질하기 십상이었습니다.

근래까지 탈곡도구의 제왕은 누가 뭐래도 회전식탈곡기였습니다.

발로 밟아서 동력을 얻는다고 해서 족답식(足踏式)탈곡기, 혹은 호롱기라고 부르기도 했지요.

둥근 통에 쇠를 'ㄇ(ㅅ)자'형으로 박아 넣은 구조인데, 사람이 페달을 밟으면 그 통이 와룽와룽 소리를 내며 돌아가고 통 위에 벼를 대면 알곡이 떨어지게 됩니다.

콤바인이나 트랙터가 보급되기 이전인 1970~80년대까지만 해도 족답식탈곡기가 우리 농촌의 바심을 전담했습니다.

다른 원시적 도구에 비해 군계일학 소리를 들을 만큼 효율적이었지요.

물론 사람이 동력을 발생시켜야 하기 때문에 힘이 많이 든다는 단점이 있었습니다.

발은 페달을 밟고 손으로는 적절한 양의 벼를 대어 털어야 하니 쉬운 작업이라고 할 수는 없었지요.

이 기계는 꽤 비싸서 집집마다 구비할 수는 없었습니다.

논이 많은 부잣집에나 드문드문 있었는데, 소작농이나 소규모 자영농은 돈을 주고 그 기계를 빌려다 썼습니다.

수확은 기쁜 일이지만 아픔도 있었습니다.

부자들에게는 최고의 날이겠지만, 남의 땅을 부치는 소작농들에게는 희비가 뒤섞이는 날이었습니다.

추수 뒤 일정한 대가를 치르는 조건으로 빌려 쓰는 남의 논이나 밭을 도지(賭地)라고 하고, 치러야 할 대가를 도조(賭租)라고 합니다.

바심을 한 다음 약정한 만큼의 곡식을 소작료로 떼 주는 것이지요.

피와 눈물로 지은 곡식을 바쳐야 하는 농부의 가슴은 찢어질 수밖에 없었을 것입니다.

지주의 대리인으로 소작인들로부터 소작료를 징수하는 사람을 마름이라고 합니다.

큰 지주들은 마름을 동네마다 두기도 했지요.

지주의 땅이 있는 곳에 상주하면서 수확량을 조사하고 소작료를 받아 전달하는 것이 주된 일이었습니다.

소작인들이 바심을 하는 곳에는 마름의 형형한 눈빛이 함께 했지요.

아무래도 마름은 지주의 편에 서서 소작인들을 대하게 마련이고, 땅을 얻어야 가족을 먹여 살릴 수 있는 소작인들은 순종할 수밖에 없었지요.

하지만 가끔 과도한 횡포나 갈취로 소작분쟁이 일어나기도 했습니다.

조정래 선생의 소설 〈태백산맥〉에 마름과 소작인의 갈등관계가 잘 묘사돼 있습니다.

지주에게 곡식을 떼 주고 나면 소작가구는 1년 먹을 식량이 간당간당하거나 부족하기 마련이었습니다.

도리깨

그러니 자식들 공부시킬 엄두도 못내고 가난은 자연스럽게 대물림되었지요.

그렇다고 그마저 안 하면 굶어죽을 판이었으니, 예나 지금이나 갖지 못한 이들의 설움은 깊을 수밖에 없었습니다.

가을걷이가 끝난 뒤 빈 논을 뒤지는 사람들도 심심찮게 볼 수 있었습니다.

논바닥에 떨어진 벼이삭을 줍기 위한 것이지요.

운이 좋으면 한 바가지씩의 소득이 생기기도 하지만, 매일 운이 따라주는 건 아니었습니다.

그렇게 모은 것도 가난한 사람들에게는 소중한 양식이 되었지요.

학교에서 벼이삭을 주워오라는 경우도 있었습니다.

지금으로 보면 불우이웃돕기 성금을 걷는 것이라고나 할까요.

논이 있는 집 아이들이야 볏단에서 한 주먹씩 뽑아 가면 그만이지만 가난한 집 아이들은 남의 논을 훑어야 했지요.

콩이나 팥, 메밀 등의 잡곡은 도리깨로 바심을 했습니다.

장대 끝에 구멍을 뚫고 그 구멍에 막대를 가로로 박아서 심을 만든 다음 그 막대 끝에 가늘고 탄력 있는 나뭇가지를 여러 개 달아놓은 것을 도리깨라고 합니다.

밭에서 거둔 곡식을 넣어 잘 말린 다음 도리깨로 때리면 껍질이 열리고 알곡이 빠져나오게 되지요.

바심 도구 중에는 곡식의 쭉정이나 겨 등을 가리는 풍구라는 것도 있었습니다.

위쪽 깔때기 모양의 통에 곡식을 붓고 손잡이를 돌리면 날개에서 바람이 일어 쭉

정이를 날려버리는 것이지요.

요즘은 회전식탈곡기나 풍구는 물론 도리깨조차 보기 쉽지 않습니다.

더 이상 쟁기를 끌 수 없는 늙은 소처럼, 농가 뒷담 아래에서 지나간 세월이나 되새김질하고 있을 테지요.

회전식탈곡기

삼농사
농부의 땀이 실이 되고 옷이 되고

1975년도 거의 저물어 가던 12월 3일. 인기가도를 달리던 가수 27명이 무더기로 구속됐다는 뉴스가 전국을 강타했다. 톱 가수들이 한꺼번에 사라졌으니 가요계는 말할 것도 없고 나라 전체가 들썩거릴 수밖에 없었다. 구속명단에는 평소에 대중가요에 무관심한 사람이라도 고개를 끄덕일 만한 이름들이 들어있었다. 이장희·이종용·윤형주……. 하지만 그건 시작에 불과했다. 12월 6일에는 신중현·김추자·손학래 등 이른바 '신중현 사단'의 핵심 인물들이 또 무더기로 구속되었다.

이 사건이 바로 지금까지 뭇사람의 입에 오르내리는 '대마초 파동'이었다. 긴급조치의 서슬이 시퍼렇던 때의 이야기다. 1976년에는 대마관리법이 제정되었다. 단속은 더욱 강화되었고, 4년 동안 100명이 넘는 연예인들이 입건되면서 대마초는 사회적 금기로 낙인 찍혔다.

농촌사람들에게는 믿지 못할 소식이었다. 그렇게 무서운 대마초라는 게 밤낮으

로 보고 사는 삼(대마=大麻)이라니……. 1960~70년대만 해도 삼 농사를 많이 지었다. 삼은 이 땅에서 재배 역사가 가장 오래된 작물 중 하나다. 신라 경순왕의 아들인 마의태자 이름이 그가 입었던 옷, 마의(삼베옷)에서 나왔음은 삼의 역사를 웅변하기에 충분하다. 삼 줄기에서 나온 섬유는 베를 짜거나 로프·그물·모기장·천막 등의 원료로 쓰이고, 열매는 향신료를 만드는 데 쓰인다. 한방에서는 열매를 화마인(火麻仁)이라는 약재로 쓴다. 문제는 대마의 잎과 꽃이다. 마취 물질이 들어 있어 연기를 깊게 빨아들이면 환각 증세를 보인다. 섬유의 원료인 삼으로서가 아니라 환각제로서 대마초가 한국에 알려진 것은 1960년대 중반 주한미군을 통해서였다. 그 후 1970년대 전반에 크게 번지다가 결국 1975년 된서리를 맞은 것이다.

　삼을 심던 농가는 자다가 벼락을 만난 셈이었다. 대대로 아무 문제없이 농사를 지어왔는데 재배를 하려면 관청에 신고하라니……. 물론 이미 나일론 같은 합성섬

유가 전국을 휘감을 때긴 했지만, 모든 농가가 하루아침에 삼 농사를 작파할 만큼
세상이 바뀐 건 아니었다.

삼은 3~4월에 씨를 뿌려 6월 말~7월 초에 베어낸다. 삼을 수확할 때는 이웃끼리
모여서 한다. 공동 작업을 해야 삼을 베고 찌는데 수월하기 때문이다. 줄기를 베고
잎을 추려낸 다음 적당한 크기로 묶어서 삼굿(삼을 찌는 구멍이나 솥)으로 옮긴다. 요즘은
추려낸 잎 등의 부산물을 현장에서 모두 태운다.

삼을 채취하고 쪄내는 과정을 카메라에 담기 위해 안동시 임하면 금소리의 '안동
포마을'을 찾아간 건 7월 초였다. 금소리는 토질이 대마재배에 적합한 사질토이고
기후조건이 좋아 조선시대에는 이곳에서 생산된 안동포가 궁중에 진상되었다고 한
다. 7월 초면 삼 수확은 끝물이다. 안동포마을은 가늘게 내리는 비에 잠겨있었다.
곳곳에 널어놓은 겨릅대(껍질을 벗기고 남은 삼 속대)만이 '예가 삼베마을이오' 하고 설명
해줄 뿐 한낮인데도 인적이 뜸하다. 마을회관을 찾아가보니 그곳에도 사람은 없고
전화번호 하나가 달랑 걸려 있다. 바로 전화를 했더니, 마침 마지막 삼을 베고 있다
며 현장으로 오란다.

논에서는 삼을 베는 사람들보다 뭉게뭉게 솟아오르는 연기가 먼저 반긴다. 비 오
는 날 생잎을 태우니 연기가 유난할 수밖에 없다. 사진 좀 찍겠다고 소리를 지른 다
음 대답을 들을 새도 없이 셔터를 눌러댄다.

삼잎을 쌓아놓고 연기와 씨름 중인 할머니 한 분에게 이것저것 묻는다. 어딜 가
나 할머니들은 친절하다. 조목조목 잘도 가르쳐 준다. 삼 찌는 걸 보고 싶다고 했더

니 경운기를 따라가 보란다. 생삼 무게로 속도가 한껏 느려진 경운기를 졸졸 따라간다. 하지만 경운기가 도착한 곳은 삼굿이 아니라 삼을 찌는 공장이다. 하긴 재래식으로 삼을 찐다는 게 그리 경제적이지 못할 것이다. 그나마도 오늘은 계획이 없단다. 힘이 쭉 빠져 나오다가 옛날식 삼굿은 없냐고 물었더니 어디어디로 찾아가 보란다. 이렇게 반가울 데가…… 멀지 않은 동네에서 진짜 삼굿을 찾아낸다. 하지만 그곳 역시 텅 비어 있다. 기웃거리고 있자니 농부 한분이 지나다, 궂은 날에는 삼을 안찐다고 설명해준다. 날이 들면 와보라는 말만 듣고 터벅터벅 마을을 나선다.

전에는 6월 말에서 7월 초면 곳곳에 가마를 설치하고 삼을 쪘다. 찌는 방식은 지방마다 조금씩 달랐다. 빈 터에 구덩이를 파고 삼굿을 만든 다음, 불을 때어 수증기로 삼을 찌는 원리는 비슷했다. 구덩이를 두 개 파서 한구덩이에는 삼을 묻고 한구덩이에서는 잔돌을 달구고 물을 뿌려 뜨거운 수증기를 삼 쪽으로 보내는 방식을 많이 썼다. 이 작업은 한여름에 이뤄지기 때문에 주변은 말할 수 없이 뜨겁다. 땀을 비오듯 흘리다 탈진하는 일도 있었다. 삼을 찔 때 여자나 상주가 오면 부정을 탄다고해서 가까이 오지 못하게 할 만큼 이 과정을 중요하게 여겼다.

다음날에는 이른 아침에 삼굿으로 향했다. 삼굿 위에 무언가 높다랗게 쌓여있고 파란 포장으로 감싸놓았다. 하지만 사람은 없다. 불을 지펴놓고 삼이 익기를 기다리는 시간인 모양이다. 정자나무 아래 몇 사람이 쉬고 있다. 한 노인에게 다가가 삼을 언제 푸느냐고 물었더니 돌아오는 대답이 퉁명스럽다.

"왜요? 그거 알아서 뭐할라고?"

"예, 사진을 좀 찍으려고……."

"찍지 마소."

카메라를 벗 삼아 전국을 떠돌기 시작한 이래 퉁명스런 대답을 한두 번 들은 게 아닌지라 노엽진 않지만 당혹감은 감출 수 없다.

"예? 왜요? 그러지 마시고 몇 장만 찍게 해주세요."

이런 땐 애교(?) 작전이 최고다.

"다 소용없시다. 방송국이나 신문사에서 여러 번 찍어가더니 고맙단 말 한마디 없더구먼. 찍을 땐 간이라도 빼줄 것 같던 사람들이……."

먼저 다녀간 사람들이 노인을 섭섭하게 해드린 모양이다.

"어르신, 저는 신문이나 방송에서 나온 사람이 아니고 책을 쓰는……."

노인을 간신히 누그러뜨려 삼굿으로 간다. 저만치서 지켜보던 젊은 사람 하나가 노인을 따른다. 아들인 모양이다. 가는 길에 그에게 물으니, 삼 농사를 하는 집들이 삼을 가져오면 한꺼번에 쪄서 배달해준다고 한다. 분업 시스템이 갖춰진 셈이다. 젊은 아들은 외지사람을 꺼리는 기미가 없다. 부자는 익숙한 손놀림으로 포장을 벗겨낸다. 포장을 벗기니 비닐이 나오고 그마저 벗기자 기다렸다는 듯이 김이 솟아오른다. 불은 엊저녁에 지폈다고 한다. 개량을 하긴 했지만 지금까지 봐온 것 중 재래식 삼굿에 가장 가깝다. 철판으로 직사각형의 가마를 만들고 그 가마 안에 걸쇠를 깔아서 삼을 걸쳐놓은 다음 물을 데워 수증기로 찌는 방식이다.

마지막 비닐을 벗겨내니 김 속에서 누렇게 익은 삼이 쏟아져 내린다. 부자는 그걸 갈고리로 꺼내 정리하기 시작한다. 땀에 젖은 그들의 얼굴을 보고 있자니 카메라 하나 달랑 든 손이 부끄러워진다. 보통은 삼을 삶은 뒤 바로 껍질을 벗긴다. 하지만

안동에서는 삼굿에서 쪄낸 삼을 햇볕이 잘 드는 곳에 널어 말린다. 삼을 말릴 때 비가 오면 물러서 상하기 때문에 날씨가 좋을 때 삼을 거두고 찐다. 햇볕에 바짝 말려놓은 삼은 손이 나는 대로 물에 담가 불린 뒤 껍질을 벗긴다. 이렇게 말리고 물에 담가 껍질을 벗기는 것은, 일손의 배분이라는 측면도 있지만 이런 과정을 거친 삼이 빛깔이 좋기 때문이다. 벗겨낸 껍질은 다시 겉껍질만을 훑어내는 과정을 거친다. 이는 안동포 길쌈에만 있는 독특한 공정이라고 한다. 다른 지방에서는 잿물을 이용하여 '익힌'다. 겉껍질을 훑어낼 때는 나무토막에 놋쇠 날을 박은 삼톱을 사용한다. 겉껍질을 훑어내서 나온 속껍질을 안동에서는 '계추리(제추리)'라고 부른다.

삼 찌는 부자에게 인사를 하고 다시 안동포마을로 들어간다. 어느 골목을 지나는데 문틈 사이로 삼 껍질을 벗기는 할머니가 보인다. 조심스럽게 들어가서, 사진을 찍어도 되느냐고 했더니 수줍은 웃음으로 허락한다. 마당의 빨랫줄에는 속태를 드러낸 계추리가 산들바람에 그네를 타며 몸을 바래고 있다. 이 표백과정은 일주일 정도 걸리는데 볕에 오래 바랠수록 색이 곱고 더 질겨진다. 볕에 바랜 계추리는 물에 적셔 마른 수건으로 다독인 다음 손톱으로 가늘게 짼다. 다 째고 나면 머리 부분을 묶어 톱으로 훑는다. 짼 삼의 끝을 가늘고 부드럽게 하기 위해서다. 그게 끝나야 삼기에 들어간다. 삼올을 일일이 연결해서 긴 올로 만드는 것을 삼는다고 말한다. 무릎에 삼올을 올려놓고 손바닥으로 실을 꼬아 올을 질기고 매끄럽게 만드는 이 과정을 안동지방에서는 '비빈다'고 한다. 한 올 한 올 작업하다 보면 입과 무릎이 허는 일도 다반사다.

마지막으로 날실을 만드는 과정(씨실은 베를 짤 때 날실 사이로 드나드는 북에 실꾸리 형태로 감겨 있다)인 베날기와, 올 표면에 풀을 먹이는 베매기 공정을 거쳐야 베틀에 올릴 수 있는 준비가 모두 끝난다. 베매기는 겉보리를 볶아 만든 가루와 좁쌀, 메밀껍질을 섞어서 풀을 쑤고 거기에 된장을 풀어서 사용한다. 이 모든 과정은 숙달된 전문가의 손이 필요하다.

삼농사와 길쌈이야말로 구비마다 진한 땀과 눈물이 배어 있다. 씨를 뿌리고 가꾸는 것은 물론 한여름에 그것을 베고 찌고 벗기고 널고 날고 매기까지……. 그 고난의 과정 역시 우리 곁에서 하나 둘 이별을 고하고 있다.

안동은 그 자체가 문화재라고 할 수 있습니다. 어딜 쏘다녀도 눈이 호강하는 곳이 안동입니다. 특히, 하회마을은 게으른 걸음으로 천천히 돌아보기에 딱 좋은 곳입니다. 여느 관광지처럼 후딱 갔다가 대충 돌아 나오면, 눈으로 볼 수는 있을지 몰라도 가슴으로 느낄 수는 없습니다. 투박한 토담을 끼고 골목길을 걷다 보면 과거로 돌아간 것 같은 느낌이 들기도 합니다. 안개 낀 날에는 강가로 나가볼 일입니다. 만송정(萬松亭) 솔숲에 앉아있노라면 강 건너로 아련하게 부용대가 보이고 어디선가 삐걱삐걱 노 젓는 사공이 나타날지도 모릅니다. 안동포마을 역시 자체가 문화재입니다. 함부로 휘젓고 다니기가 죄스러울 만큼 조용한 동네지만, 곳곳에 숨어 있는 옛사람들의 흔적은 쉽사리 발길을 돌릴 수 없게 만듭니다. 삼은 보통 6월 말에서 7월 초에 수확하는데 아이들과 견학 가볼 만합니다. 미리 연락(054-840-5314)하면 수확에서부터 삼베를 짜는 모습까지 볼 수 있습니다.

삼베길쌈
베틀 위에서 눈물짓던 어머니들의 삶

　　김점호 할머니는 대한민국 최고의 '삼베길쌈꾼'이다. 연세가 여든 셋(2008년 현재)인데도 베틀 위에 앉으면 적토마에 앉은 관운장처럼 기품이 있다. 안동포짜기는 경상북도 무형문화재 제1호다. 김 할머니는 2004년 2월 27일 안동포짜기 기능보유자로 지정됐다. 하지만 대한민국 최고의 길쌈꾼이라고 부른 것은 관(官)에서 인정했다고 해서가 아니다. 김 할머니만 보름새(15새)의 안동포를 짤 수 있기 때문이다.

　　'새'는 피륙의 날실을 세는 단위인데 새가 높아질수록 실은 가늘어지고 천은 고와진다. 그중에서도 보름새는 인간이 짤 수 있는 한계치라고 할 만큼 고운 삼베다. 사람의 손으로 만들어졌다는 사실이 믿기지 않을 정도다. 둘째가라면 서러울 길쌈의 고수들이 포진하고 있는 안동포마을에서도 보름새를 짜는 건 김점호 할머니뿐이다. 힘들고 시간이 많이 걸리는 작업이라, 설령 실력이 되더라도 엄두를 내지 못한다고 한다. 그래서 안동에서 생산된 보름새는 이 세상에 몇 필 없는 보물이다. 얼마

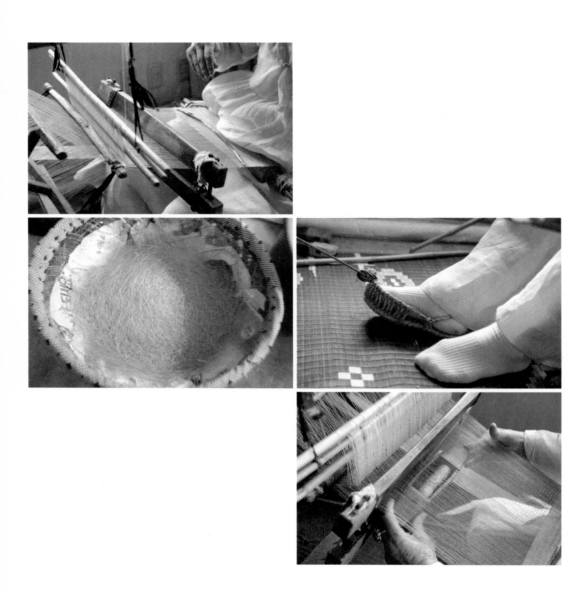

136

나 귀한지 그걸 손에 넣기 위해 도둑이 출몰하기 때문에 별도로 보관할 정도라고 한다. 보름새 한필을 짜는 데 1년도 더 걸린다고 하니 값으로 환산할 건 아니다.

길안천이 감싸고 흐르는 안동포마을은 어머니 품처럼 포근하다. 그곳을 다시 찾은 건 삼을 베고 찌는 과정을 취재한지 꼭 한 달째 되는 8월 초였다. 길쌈 과정을 취재하기 위해서였다. 마을정보센터에 미리 연락해서 취재협조를 구했더니 관리자인 김점선(38, 여)씨가 친절하게 안내해줬다. 김점선씨는 안동포에 대한 자부심이 대단했다. 잠시 기다리는 동안 이것저것 정보를 전해줬다.

안동포가 다른 지방의 삼베와 다른 가장 큰 특징은 '생냉이' 기 때문이란다. 생냉이는 '익냉이'에 대비되는 말로, 삼을 삼기 전에 겉껍질을 손으로 일일이 벗겨내는 것을 말한다. 반면에 익냉이는 잿물에 넣고 삶아 껍질을 벗겨낸다. 또 생냉이 길쌈은 손으로 일일이 날 올 전체를 다 비비지만, 익냉이는 올과 올을 연결하는 부분만 비비고 날 올 전체를 꼬는 건 물레질로 한다. 생냉이는 익냉이보다 품이 더 많이 드는 대신 질이 좋은 삼베를 생산할 수 있다. 이 동네 여자들은 좀 더 고운 베를 얻기 위해 무릎에 굳은살이 생기도록 비비고 또 비벼서 삼을 삼아왔다.

김점선씨를 따라 김점호 할머니 댁으로 갔다. (두 분 이름이 비슷해서 물었더니 아무 관계도 없단다.) 집은 기품이 느껴질 정도로 깔끔했다. 김점호 할머니는 자신이 짠 모시옷을 곱게 차려입고 기다리고 있었다. 옆에서 바로 보름새로 지은 옷이라고 설명해준다. 아주 귀한 것을 보고 있다는 생각에 눈을 떼지 못한다. 마침 자손들이 휴가를 온 듯 집안은 아이와 어른들로 북적거린다. 가족이 나눠야 할 시간을 불청객이 빼앗은 게 아닌가 싶어 잠시 민망해진다. 하지만 일은 일, 사진 찍을 준비를 서두른다. 할머니는 카메라와 수첩을 들고 땀을 뻘뻘 흘리는 사내의 정체가 궁금하다는 듯 이것저것 묻는다. 귀는 좀 어둡지만 총기는 조금도 흐트러지지 않았다. 책을 쓰는 사람이라고 설명하니 학생들도 볼 수 있는 책이냐고 묻는다. 자신의 이야기가 나온 책을 손자들이 봤으면 하는 생각에서 그러는 게 아닌가 짐작해본다. 책이 나오면 꼭 보내드리겠다고 약속하고 함께 베틀이 있는 방으로 들어간다. 노인에게서, 오랜 세월 한 가지 일에만 전념한 장인 특유의 기운이 느껴진다.

김 할머니가 베틀에 앉으니 그 기운은 더욱 강해진다. 누구도 범접하지 못할 그 무엇. 따지고 보면 베틀과 함께 살아온 인생이 얼마나 곤고했으랴. 노인이 평생 앉아서 일을 해온, 사람과 같이 늙느라 세월의 흔적이 주름살처럼 박힌 이 베틀에 얼마나 많은 사연이 담겨 있으랴. 나라가 가난했던 시절, 베틀 하나가 한 집안의 생과 사를 짊어졌던 적도 많았을 것이다. 삼베가 어찌 손재주로만 만들어지는 것이랴. 올마다 한숨과 눈물이 배이고 씨실과 날실의 무한한 교접이 있어야 한 폭의 삼베가 태어나는 것이다. 지금 내가 느끼는 이 기운은 어려운 시절을 온몸으로 헤쳐 온 한 여인의 고난과 자식에 대한 사랑이 만든 것일 게다. 아픔으로 아름답게 태어나는 진주처럼 설움과 한이 뭉쳐 생긴 기운. 노인은 베틀에 앉아 끊어진 실을 잇고 북을 잡아 베를 짜기 시작한다. 딸깍 딸깍 시르릉 시르릉……. 아! 낯선 소리가 아니다. 조심스레 방안을 채우는 소리가 순식간에 유년의 뜰로 데려다 준다. 기억의 늪에 빠지지 않기 위해 열심히 셔터를 누른다. 가족 중 한 분이 불을 켜겠다고 하지만 사양한다. 가능하면 창문을 통해 들어오는 빛 속의 베틀과 노인을 찍고 싶다. 플래시도 아예

쓰지 않는다. 사진의 외형적 질보다는 그 안에 담긴 의미가 더 소중할 때도 있는 것이니…….

베를 짜는 소리와 카메라 셔터소리가 한 공간에서 만나 조응(照應)한다. 이질적인 존재들인데도 서로 낯설어하지 않는다. 노인이 베틀 속으로 깊게 침잠한다. 나 역시 아득한 바닥으로 한없이 가라앉는다. 순간, 노인이 "이만하면……?" 하고 눈으로 묻는다. "이제 그만 쉬시지요." 하는 말이 입 끝에서 머물던 참이라 얼른 고개를 끄떡인다.

140

마루로 나오니 가족 중 한 분이 "삼 삼는 것도 보여주셔야지요." 하고 권한다. 할머니는 가타부타 대답 없이 앉았더니 무릎을 낸다. 절이라도 하고 싶은 심정이다. 83세. 아직은 그 강건함이 놀라울 정도지만 노인들의 앞날을 어찌 시간으로 헤아리며 장담할 수 있으랴. 베를 짜고 삼을 삼는 장면을 기록할 수 있는 기회가 갈수록 줄어들 것이다. 삼올을 잡은 노인은 또 금세 삼매경으로 빠져든다. 누구에게 보여주기 위한 것이 아니라 평생 해온 일에 빠져드는 것이다. 삼 삼기가 끝나자 머리를 조아려 감사드린다. "할머니, 할머니는 귀하신 분이에요. 오래오래 강건하게 사셔야 돼요."

김점호 할머니 댁에서 나오는 길, 시선은 자꾸만 뒤에 쳐져 머뭇거린다. 저 분들이 떠나면 이제 누가 베틀에 앉을까. 베틀 위에서 노래하고 베틀 위에서 눈물짓던 우리네 할머니 어머니들이 하나 둘 세상을 뜨고 있다. 그리고 젊은이들은 아무도 베틀 위에 앉지 않는다. 창호지에 어른거리는 불빛을 타고 나지막한 음색으로 담을 넘던 베틀소리는 꿈에서나 들을 수 있을 뿐이다. 하지만 우리는 기억해야 한다. 기계문명의 그림자 속으로 아무 말 없이 걸어 들어갔지만, 할머니와 어머니들이 품었던 삶에 대한 경건한 자세와 굳은 의지가 안락한 우리의 삶을 직조했음을……

모시길쌈
할머니가 이고 걸어온 서글픈 전설

할머니.

지난주에는 그곳에 다녀왔습니다.

그리움이 아직 한(恨)의 덩어리를 깨지 못해, 선뜻 고향이라고 부르기 어려운 곳.

저의 태(胎)가 묻혀있고 할머니의 무덤이 날마다 키를 낮추는 곳.

그날따라 는개만큼이나 작은 입자의 비가 내렸습니다.

세월 가도 여전히, 그곳의 비는 가슴으로 내립니다.

해마다 베어내도 잡초가 극성을 떠는 무덤은, 살아생전 할머니의 고단했던 삶을 어찌 그리 닮았는지.

제 가슴에서도 쐐기풀들이 서걱거리며 바람에 눕습니다.

풀을 뜯어내며, 세월이 흘러도 풀어지지 않는 설움에 결국 목을 놓고 말았습니다.

할머니.

그런데 참 이상한 일입니다.

그렇게 엎드려 있자니 울음은 스러지고, 적막만 깔려있던 산모롱이 어디쯤에선가 베틀소리가 들려왔습니다.

딸깍 스르룽…… 딸깍 스르룽…….

이게 무슨……?

전신에 전율이 일었습니다.

할머니가 평생 눈물로 짰던 그 많은 모시들이 올올이 풀어져 이승과 저승을 잇는 끈이 된 걸까요?

할머니는 그곳에 가서도 베틀에 앉아 계신 건가요?

할머니.

낡은 흑백사진처럼 바래긴 했지만, 지금도 기억 속에 선명한데요.

그 시절 그곳의 여름은 온천지가 모시풀이었어요.

6월에서 10월 사이에 세 번이나 수확하는 것이니 그럴 수밖에 없었지요.

당신의 긴 '전쟁'은 모시풀을 첫 수확하는 초여름부터 시작됐습니다.

물론 삯을 받고 길쌈을 대신 해주는 게 일의 대분이었지만, 모시풀을 벗겨서 태모시를 만들고 째기·삼기·모시굿 만들기·날기·매기까지의 모든 과정을 직접 해야 할 때도 많았으니까요.

태모시가 만들어지면 하루쯤 물에 담갔다가 말린 뒤, 다시 물에 적셔 올을 이로 하나하나 쪼개는 일을 째기라고 하지요.

째기나, 올을 이어 실을 만드는 삼기야말로 쉽지 않은 작업이었습니다.

실이 균일하게 이어져야 하는데 대충 하다가는 들쑥날쑥 꼴도 아니게 되니까요.

그래서 당신의 앞니는 닳고 입술에서는 핏발이 비치기 일쑤였습니다.

이렇게 만들어진 실을 체에 일정한 크기로 서리면 모시굿이 되었지요.

물론 그게 끝은 아니었습니다.

가장 어려운 과정인 날기와 매기를 거친 뒤에야 베틀에 올릴 수 있었으니까요.

모시매기 역시 보통 일은 아니었지요.

요즘이야 가스불로 온도를 유지하면서 매니 그나마 낫지만 그땐 왕겨불로 강약을 조절하면서 했으니까요.

매캐한 연기에 눈물이 나고, 땀은 걷잡을 수 없이 흐르고……

할머니.

어느 날엔가 가슴에 박힌 기억은 아직도 시퍼런 날을 감추지 않고 있습니다.

땅거미가 미처 사립문을 밀기도 전에 손자 챙겨 먹이고, 이부자리 깔아놓고 창문도 없는 움집으로 건너가던 뒷모습.

낮에는 집안일에 품앗이에, 푸성귀라도 뜯어오느라 잠시도 앉아있을 틈이 없었던 당신.

저녁이면 빚쟁이처럼 베틀이 기다리고 있었지요.

모시길쌈도 계절을 타는 일이라 유달리 바쁠 때가 있었습니다.

무명이나 비단은 상관없지만 삼베와 모시는 찬바람이 나기 전 적절한 습기가 있을 때 짜야 부드러우니까요.

물론 겨울이라고 모시길쌈을 안 하는 건 아니었지만, 건조하면 실이 끊어지기 일쑤였고 다시 잇는 시간도 만만치 않았지요.

요즘처럼 가습기라도 있었으면 계절 같은 건 상관없었을 텐데.

한여름에 바람 한 점 없는 움집에서 베틀과 씨름하려니 그 고통은 말할 수 없었겠지요.

잠에서 깨어 오줌을 누러 나왔다가 움집 문을 살짝 열면, 정물처럼 앉아있던 당신의 모습은 지금도 눈물입니다.

"오줌 마려워서 나왔냐? 할미 걱정 말고 어서 들어가 자거라."

당신의 목소리는 삼 년 장마 끝 마른논처럼 갈라져 있었습니다.

갈라진 골골마다 붉은 설움이 석류 알처럼 배어 있었다는 걸 어린 제가 어찌 알았겠습니까?

창호지에 머물던 어둠이 희부옇게 퇴색할 때까지도 베틀소리는 멈추지 않았습니다.

할머니.

저는 얼마나 철없는 손자였던가요.

당신이 가슴 속 피울음 대신 토해내던 베틀소리는, 제게 자장가였습니다.

그 소리를 들으며 잠이 들고 그 소리에 의해 잠에서 깨었지요.

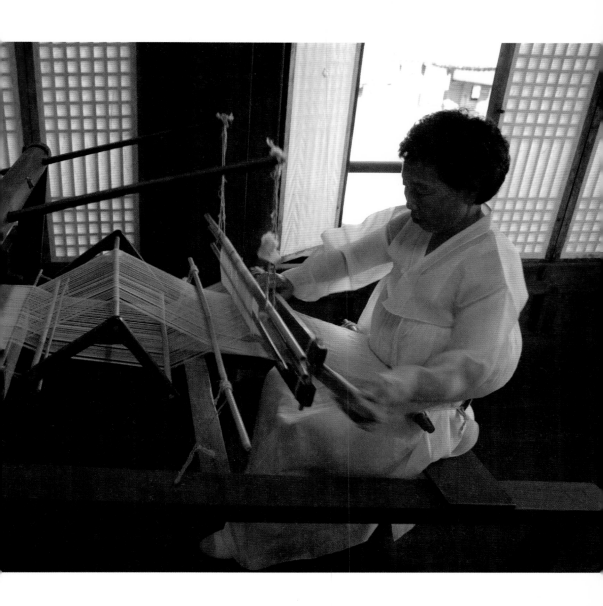

잠 속에서도 꿈인 듯 생시인 듯 베틀소리를 들었습니다.

제 유년기는 그렇게 가난과 고독과 베틀소리가 씨줄 날줄로 엮인 직조물이었습니다.

베틀은 견고한 성(城)이었습니다.

그 성의 성주는 당연히 할머니였고요.

도투마리를 얹고 잉아를 걸어 말코에 연결하고 앉을깨에 앉아 부티를 허리에 두른 할머니에게는 그 무엇도 침범할 수 없는 위엄이 있었지요.

어린 저는 그 성 안에서 영원한 안온을 꿈꾸며 자랐습니다.

당신이 짠 모시는 곱기로 소문이 나 있었습니다.

하지만 그런 솜씨도, 잠을 잊어버린 근면도 가난의 늪에서 당신과 어린 손자를 건져줄 수 없었습니다.

곤궁과 궁핍은 늘 거북껍질처럼 단단하게 등에 붙어 있었습니다.

그날 그 일이 생기기 전까지는……

할머니.

그날 아침 당신은 베틀 위에 엎드린 채 일어나지 못했습니다.

제가 뛰어들어가 울면서 몸을 흔들었을 땐 이미 싸늘하게 식은 뒤였지요.

당신은 그렇게 해서야 가난과 고통의 덫에서 발을 뺄 수 있었습니다.

손자가 눈에 밟혀 눈도 감지 못한 한 노인의 주검은 작고 초라했습니다.

할머니.

올해도 당신의 무덤에는 바람만 서성이고 있었습니다.

가랑비에 흠씬 젖은 동네 역시 주인이 야반도주한 빈집처럼 을씨년스러웠지요.

지금까지 길쌈을 하는 사람들이 있으리라고는 기대도 안 했지만, 모시풀이 손을 흔들던 밭에는 과거의 흔적이 단 하나도 남아있지 않았습니다.

값싸고 질긴 화학섬유가 나온 뒤로는 모시농사를 지을 일이 없어졌지요.

그 덕에, 밤낮으로 고단했던 할머니 같은 여인들의 삶이 조금 편해졌을까요?

어느 곳은 묵정밭이 되어 온갖 풀들이 아우성치고 있었습니다.

할머니.

당신의 가슴에 늘 그렇게 안타깝던 손자는 더듬더듬 세상길을 걸어 여기까지 왔습니다.

여전히 무덤 위에 눈물이나 뿌리는 심성 무른 사내지요.

물론 오늘날까지 살아온 건 할머니가 제 앞에 깔아놓았던 모시올 덕분입니다.

어두운 길에서도 그걸 잡고 앞으로 나갈 수 있었지요.

할머니.

도시로 돌아온 지금도, 당신의 무덤에서 들은 베틀소리는 여전히 귀에 남아 울립니다.

딸깍 스르릉…… 딸깍 스르릉…….

환청이 아니었으면 좋겠다고 자꾸 되뇝니다.

기행수첩

모시나 모시길쌈을 직접 보려면 충남 서천의 한산으로 가보라고 권하고 싶습니다. 한산은 예로부터 세모시로 유명한 곳이지요. 한산에서 나는 세모시는 색이 흰데다 섬세하고 가벼워 여름철 옷감으로 인기였습니다. 조선시대에는 임금에게 바치는 진상품으로 명성을 떨쳤다는 기록이 있습니다. 서천군은 지난 1993년 한산면 건지산 기슭에 모시전시관을 세워 전통문화 교육의 장으로 활용하고 있습니다. 전수교육관내 전시실에는 모시의 역사를 전해 주는 서적과 베틀, 모시길쌈 도구, 모시 제품 등이 전시돼 있고, 전통공방에서는 모시풀 재배에서 태모시 만들기, 째기, 삼기, 날기, 매기, 짜기 등의 공정을 재연합니다. 서천군에는 모시 말고도 볼거리가 많지요. 동백으로 유명한 동백정과 금강 하구에 펼쳐져 있는 신성리 갈대밭은 멋진 풍경을 자랑합니다. 겨울에는 금강 하구의 철새들이 펼치는 군무가 경이로울 정도로 아름답고요.

춘포길쌈
옛사람들이 잠자리 날개라 불렀던 옷

"글쎄…… 요새는 몸이 아파서……."

전화기를 타고 오는 노인의 목소리가 가늘게 떨린다. 단번에 거절해야 한다는 생각과, 사람을 그렇게 박절하게 대하면 안 된다는 인정 사이에서 갈등하고 있는 게 틀림없다. 그렇다고 여기서 포기할 수는 없다. 낯선 사람과의 침묵을 먼저 못 견뎌 한 건 노인이다.

"잠깐 기다려 봐유."

죄를 짓고 있다는 생각에 얼굴이 뜨겁지만, 끝까지 버텨보기로 한다. 잠시 뒤 전화기 안으로 바깥노인의 목소리가 들어온다. 노인은 의외로 선선하다. 이런이런 책을 쓰는 누군데 찾아뵈었으면 좋겠다고 하니, 별 망설임 없이 그렇게 하라고 대답한다. 춘포를 만나기 위한 첫발을 그렇게 떼었다. 더 늦기 전에 기록해야 한다는 초조감 때문에 잠시도 지체할 수 없었다.

춘포는 누에고치에서 나오는 명주실을 날실로, 모시를 씨실로 하여 짜는 천을 말한다. 올이 가늘고 빛이 고운 덕에 예로부터 잠자리 날개라고 불리기도 했다. 통풍성과 내구성이 뛰어나서 한번 지으면 평생을 입을 수 있다고 한다. 노란 빛깔을 띠는데, 이는 치자로 물을 들이기 때문이다. 주로 봄에 입기 때문에 춘포라고 불렀다. 오로지 청양지역에서만 짰는데, 그나마 이젠 단 한 집만 남아있다.

청양군 운곡면 후덕리. 충청남도 무형문화재 제25호 백순기 할머니(2008년 현재 82세)가 사는 동네다. 그 동네를 찾은 건 햇살의 기세가 조금도 꺾이지 않은 8월 말이었다. 청양은 내포평야를 품고 있는 예산과 홍성, 그리고 공주와 보령에 둘러싸여 있지만 충청남도에서는 보기 드문 오지다. 하지만 후덕리는, 그 이름 때문인지 한눈에도 후덕해 보이는 들을 끼고 있다. 대부분의 농촌이 그렇듯 지나다니는 사람이 없어 길을 묻기도 쉽지 않다. 마을에 도착해 몇 집을 기웃거리다 결국 전화를 건다. 파란 담장집이라고 해서 둘러보니 바로 눈앞에 두고 헤매고 있었다.

마당에서 허리가 바짝 구부러진 노인 한 분이 깻단을 나르다가 반갑게 맞는다. 이상준(82세) 할아버지다. 노인의 미소가 천진불처럼 푸근하다. 다짜고짜 대문 안으로 끌더니 손에 잡히는 방석을 하나 토방에 내려놓고 앉으란다. 엉덩이를 채 붙이기도 전에 노인의 이야기가 쏟아져 나온다. 사람이 그리웠음에 틀림없다. 이야기는 태평양전쟁 때 관동군으로 끌려갔다 돌아온 대목부터 시작된다. 신의주를 거쳐 봉천까지 끌려갔었다고 한다. 이야기를 듣는 내내 평생 선하게 살아온 사람은 그 공덕이 얼굴에 그대로 새겨진다는 생각이 떠나지 않는다.

이야기를 듣고 있으려니 할머니 한 분이 안채에서 나오더니, 미처 이쪽까지 건너

오지 못하고 마당에 놓인 의자에 앉는다. 걸음이 무거워 보인다. 백순기 할머니다. 할아버지의 얼굴에 웃음꽃이 피어오른다. 동갑내기 두 노인은 금슬이 무척 좋아 보인다. 할머니가 이쪽에 대고 큰 소리로 묻는다.

"시골 늙은이 뭐 볼 게 있다고 찾아온대유?"

대답 역시 자연스럽게 큰 소리가 된다.

"살아오신 이야기 좀 들으려고요. 할머니, 서울에서는 유명한 분이에요. 이쪽으로 건너오세요."

노인이 느린 걸음으로 다가오더니 섬돌 위에 앉는다.

신산했을 삶이 깊은 주름으로 남아 있다. 할머니는 곁에 앉아서도 별 말이 없다. 모든 말을 할아버지가 대신한다. 인터뷰고 뭐고 따로 할 필요도 없다. 할아버지의 이야기 속에 듣고 싶었던 사연이 모두 들어 있다.

백순기 할머니는 열아홉에 혼인을 했다. 인연이 그랬던지 처녀 적부터 길쌈을 배웠다고 한다. 시집을 오자마자 베틀에 앉아 춘포를 짜기 시작했다. 그때부터 따져도 63년이다. 집안으로 보면 4대째 춘포를 짠다고 한다. 둘째 며느리에게 물려준다니 5대째로 이어지는 셈이다. 지금 쓰고 있는 베틀도 100년이 넘었다고 한다. 할머니가 수줍게 고백한다.

"10년 전에 살짝 풍을 맞았슈. 그래서 이젠 베틀 앞에 앉아도 전처럼 일을 못해……"

부부는 춘포 짜는데 필요한 모든 걸 자급자족한다. 아직도 1,300평의 밭에 모시농사를 짓고 명주실을 뽑기 위한 누에도 직접 친다. 할아버지는 전만큼 많이는 못한다고 한숨이다. 스스로의 몸을 건사하기도 힘겨워 보이는 노인들이 농사를 짓다니……. 누에를 치는 게 얼마나 힘든 일이라는 걸 농촌에서 살아본 사람들은 잘 안다.

"평생 베틀 앞에 앉은 죄지……."

할머니는 베틀과 함께 살아온 날들을 한탄처럼 말하지만, 원망이나 회한보다는 그리움이 더 많이 묻어있다. 젊어서는 3~4일이면 춘포를 한 필씩 짰다는데 이제는 베틀 앞에 앉기도 힘들어졌으니.

할아버지가 방으로 잠깐 들어오라고 하더니 이것저것 주섬주섬 내놓는다. 그동안 신문과 잡지에 났던 춘포에 관한 자료, 각종 경진대회에서 받은 상장과 표창장, 춘포로 지은 옷 등이 끝없이 쏟아진다. 춘포가 세상의 관심을 받기 시작한 건 이상준 할아버지의 모친이자 백순기 할머니의 시어머니인 양이석씨 때부터이다. 고(故) 양이석씨는 춘포짜기 초대 기능보유자였다. 백순기 할머니는 시어머니로부터 기능을 전수받았고, 이 기능이 둘째 며느리인 김희순(52세)씨에게로 넘겨졌다. 대전에 사는 김씨는 기능전수자로 공식 인정을 받았다.

할아버지가 할머니에게 베틀 앞에 앉으라고 권한다. 사진을 찍으라는 배려다. 할머니는 먼저 춘포로 지은 옷으로 갈아입는다. 몸이 불편한 노인에게 어려운 일을 시킨다는 생각에 가슴이 묵지근해진다. 한쪽 손이 불편하니 옷고름 매는 것조차 힘겨워 보인다. "죄송합니다." "고맙습니다."를 연발하지만 가슴에 얹힌 바윗돌은 천근이다. 할아버지는 연신 괜찮다며 되레 민망한 표정이다. 할머니가 베틀에 앉아 느린 손으로 춘포를 짜는 내내 경건한 마음으로 셔터를 누른다.

　　춘포를 짜기 위해서는 준비과정이 좀 복잡하다. 뚝배기에 누에고치를 넣고 끓이면 고치가 풀어지면서 명주실이 나온다. 그것을 왕채(누에고치에서 뽑은 실을 감는 기구)를 이용해 얼레에 감는다. 그다음 딴 틀에 매고 도투마리(날실을 감는 틀)에 감는다. 이때 치자물을 들이고 풀을 먹인다. 감은 토투마리를 베틀에 올려놓고 잉아(베틀의 날실을 한 칸씩 걸러서 끌어올리도록 맨 굵은 실)를 건다. 이렇게 완성된 베틀에 모시실(씨실)과 명주실(날실)로 천을 짠다. 실을 뽑고 길쌈을 하는 과정에서 사용하는 기구만도 20가지가 넘는 다니 보통 일은 아니다.

베틀에서 내려온 할머니가 실을 잣는 물레질까지 시연해 보인다. 다시는 만날 수 없는 순간일지도 모른다는 생각에 연신 땀을 훔쳐가며 사진을 찍는다. 사실 춘포짜 기가 언제까지 이어질지는 아무도 장담할 수 없다. 백순기 할머니의 며느리가 기능 을 보유하고 있다고는 하지만, 먹고살기 위해 하는 일은 아니다. 그렇다면 생업으로 하는 춘포짜기는 백순기 할머니가 마지막이란 이야기가 된다.

조선 후기에 시작되어, 1940년경부터 전국적으로 이름을 날렸다는 청양 춘포. 한때 운곡에서는 집집마다 춘포를 짰다고 한다. 춘포 메고 장에 갔다가 술독에 빠져 마누라에게 경을 친 동네 사람들의 이야기를 들려주면서, 이상준 할아버지는 엊그 제 일인 양 헐헐 웃는다. 언제부턴가 하나 둘 베틀에서 내려오더니 이제는 아무도 안 한단다. 별의별 옷감이 쏟아지는 시대에, 춘포가 각광받을 만한 게 아니란 건 분 명하다. 그래도 사라져가는 것들 앞에 서면 피붙이와 이별을 하는 듯 가슴이 저리 다. 금방 배달될 테니 자장면 한 그릇이라도 먹고 가라는 걸, 다음 일정을 핑계로 부 득부득 길을 나서면서도 마음은 자꾸 뒷걸음질이다.

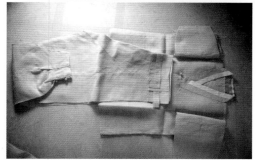

청양은 군 단위치고는 규모가 별로 크지 않은 곳입니다. 공주시·보령시·부여군·홍성군·예산군에 둘러싸여 있는 충남의 오지라고 할 수 있지요. 청양하면 떠오르는 것들이 꽤 있습니다. 그중에서도 '충남의 알프스'라고 불리는 칠갑산은, 주병선의 노래 〈칠갑산〉 때문에 더욱 유명해졌습니다. '콩밭 매는 아낙네야~'로 시작되는 노래는 떠나온 고향과 어머니에 대한 향수를 자극하기에 충분하지요. 청양은 청양고추, 구기자 등의 특산물로도 유명합니다. 오로지 청양에만 있었던 춘포가 사라지는 것은 영 아쉬운 일입니다. 국가나 자치단체 차원에서 보존할 수 있는 대책이 있었으면 하는 기대를 접기 어렵습니다.

소달구지
딸랑딸랑 워낭소리 어디로 가고

아비는 달구지꾼이었습니다.

어릴 적엔, 그 많은 직업 중에 하필 달구지를 몰고 남의 짐이나 나르는 일을 하는지 궁금하기도 했습니다.

그렇다고 딱히 아비를 원망해본 적은 없습니다.

배우지 못하고 물려받은 것이라곤 바늘 꽂을 땅 한 평 없는 이가, 먹고살기 위해 할 수 있는 게 뭐가 있을까 생각해보면 고개를 끄덕이지 않을 수 없었습니다.

어릴 적 부모를 여의고 오갈 데 없던 아비가 남의 집 꼴머슴으로 들어간 것도 주어진 운명만큼일 겁니다.

꼬박꼬박 모은 새경으로 송아지 한 마리를 분양받아 키웠던 것도 사주에 그리 적혀 있었기 때문이겠지요.

어쩌면 아비는 한 곳에 주저앉아 일할 팔자가 아니었는지도 모릅니다.

그런 천성을 역마살이라고 불러도 당신은 껄껄 웃고 말았을 겁니다.

그 역마살 때문에 머슴 살던 주인집의 간곡한 만류도 뿌리치고, 송아지 입에서 젖내가 가시는 듯하자 달구지 하나 얻어 세상을 걸었겠지요.

두엄을 낼 때, 추수를 할 때, 방아를 찧으러 갈 때, 멀리 짐을 나를 때…… 어지간한 일에 달구지가 없으면 안 되었습니다.

지게 역시 유용한 도구였지만 일을 해내는 양으로는 달구지의 발끝도 따라갈 수 없었지요.

장을 보러갈 때도 마을 사람들이 공동으로 달구지를 내어 곡식이나 채소, 나무 등을 싣고 갔습니다.

그래서 마을마다 달구지 한두 대는 반드시 있었습니다.

아비의 달구지는 짐을 싣고 멀리 떠나는 게 주업이었습니다.

트럭 같은 차들이 이 땅의 신작로를 누비기 전, 달구지는 거의 유일한 장거리 운송수단이었습니다.

먼 곳으로 가는 이삿짐도 소달구지에 의존할 수밖에 없었지요.

그런 짐이 있을 때마다 아비는 달구지를 몰고 길을 떠났습니다.

어느 땐 아주 멀리 가서 여러 날을 돌아오지 않기도 했지요.

짐을 가득 싣고 터벅터벅 떠나는 모습이 가족에게는 안타까움이었지만, 정작 당신은 그런 삶을 행복으로 껴안고 살았던 것 같았습니다.

여러 날 만에 빈 달구지로 돌아온 아비는 피곤한 기색도 없이 장작도 패고 울바자(대·갈대·수수깡·싸리 따위로 발처럼 엮어서 울타리를 만드는 것)도 손보고는 했습니다.

멀리 짐을 실어다 주고 밤길을 걸어 돌아올 때도 있었습니다.

돈을 아끼려 주막거리를 그냥 지난 탓에 배가 등

가죽에 붙었어도 아비는 힘차게 걸었습니다.

휘영청 떠오른 달과 지나는 바람, 길가의 나무들을 관중 삼아 '황성옛터에 밤이되니~' 노래 한 곡을 불러 제치기도 했습니다.

낙천적 성격을 가졌던 아비는 아이들에게도 인기가 좋았습니다.

하굣길에 그의 달구지를 만나면 아이들에게는 '운수 좋은 날'이었습니다.

어깨에 비껴 멨던 책보를 달구지에 던져놓고 뒤에 대롱대롱 매달리거나 장난을치며 앞서거니 뒤서거니 따라갔습니다.

보통은 그럴 때, "이놈들, 저리가라!" 하고 소리치기 마련이지만 아비는 그러지

않았습니다.

아이들 하는 짓에 껄껄 웃다가, "이 녀석들, 구루마 타고 싶어 그러지?" 하고는
달구지에 오르도록 허락했습니다.

작은 아이들은 손수 안아서 올려주기도 했습니다.

아이들도 보답할 줄 알았습니다.

달구지에 짐을 가득 실은 소가 허연 거품을 물고 고갯길을 오를 땐, 아이들이 "영
차! 영차!" 구령을 맞춰 밀어주기도 했습니다.

달구지는 보통 나무로 짜는데 소가 끌면 소달구지 혹은 우차(牛車), 말이 끌면 마차(馬車)라고 불렀습니다.

바퀴 역시 나무로 만들었는데, 마모를 막기 위해 얇은 쇠를 두르기도 했습니다.

1970년대 이후에는 나무바퀴 대신 자동차 타이어를 달았지요.

아비 역시 자동차 타이어를 달아보는 게 소원이었지만 구하기도 쉽지 않고 값도 비싸 끝내 꿈을 이루지 못했습니다.

하긴, 이미 그 무렵부터는 달구지 시대가 서서히 내리막길을 걷고 있었습니다.

신작로에 트럭이 달리고, 산골까지 버스가 다니게 되면서 달구지를 쓸 일이 점차 줄어들었던 것이지요.

아비만 그 사실을 몰랐습니다.

아니, 왜 모르기야 했을까요.

할 수 있는 거라곤 달구지와 함께 길을 오가는 일뿐이었으니, 알면서도 고개를 젓고 싶었겠지요.

하지만 한 시대의 종말을 알리는 전령은 아비 앞이라고 피해가지 않았습니다.

모처럼 짐 하나를 맡아 먼 길을 떠났다 돌아오던 날, 아비는 의식을 잃은 채 달구지 위에 누워 있었습니다.

달구지에 앉아 밤길을 줄이다 어디쯤에서 비명도 못 지르고 쓰러진 것을, 길을 잘 아는 소가 집까지 모셔온 것이지요.

간신히 의식을 차렸을 땐, 몸의 반을 쓰지 못하는 상태가 되어 있었습니다.

아비는 다시 소달구지를 몰 수 없었습니다.

지금은 달구지 구경하기가 쉽지 않습니다.

1970년대 말부터 농촌에 경운기 같은 운반도구가 대량 보급되면서, 사라져가던 달구지의 운명에 못을 박게 된 것이지요.

요즘도 지역축제 같은 데 가보면 장식물을 주렁주렁 매단 달구지가 아이들을 태우고 오가지만, 그걸 달구지라고 하긴 낯이 좀 뜨겁습니다.

물론 달구지가 사라진 이 땅엔 더 이상 '아비'도 없습니다.

그런데, 참 모를 일입니다.

나이를 먹을수록, 소고삐를 질끈 잡고 어둠이 질펀하게 깔린 고샅(마을의 좁은 골목)을 들어서던, 겨울나무처럼 여윈 아비의 모습이 왜 자꾸 커지는지.

소달구지의 그 삐걱거리던 소리와 구수한 쇠똥 냄새가 왜 그리 그리워지는 건지.

올여름에도 아비의 무덤가에는 무성한 풀들이 키를 재고 있을 테지요.

주막
먼 길 떠나는 나그네들의 오아시스

할머니에게 주막은 '적(敵)'과 동일한 의미였던 것 같다. 스스로 주막이란 말을 입에 올린 적은 없지만, 타인의 입에서 그 단어가 나올 때 일어나는 거부감까지 숨기지는 못했다. 훗날 귀동냥한 이야기들을 조합해보면 고개가 끄떡거려질 수밖에 없었다. 할머니의 남편, 즉 내 할아버지 때문이었다. 할머니는 인생의 황금기가 됐어야 할 시기를 홀어미와 다름없이 보냈다. 일꾼의 손을 빌리긴 했지만 혼자 농사 채를 관리하고 혼자 아이들을 키웠다. 할아버지는, 그 동네에서 내로라하는 집안—그래봐야 진사·참봉벼슬 정도나 자랑했을 것이다—의 아들이었다. 그러니 집에 있어도 손에 흙을 묻힐 턱은 없었겠지만, 그렇다고 집안을 이끌어갈 가장의 역할까지 필요 없었던 건 아니었다.

그렇지만 그는 일찍이 처자식을 떠나 반도의 북쪽이나 저 멀리 만주 땅을 유랑했다. 일본 제국주의가 이 땅을 유린하던 시기였다. 할아버지가 집을 떠나 남의 땅으로 간 게 일제의 압제가 싫어서였는지는 확실치 않다. 그러니 비밀리에 독립운동이라도 했는지 여부는 더욱 확실치 않다. 집안 그 누구도 그 얘기를 자랑으로 삼지 않는 걸 보면, 그리고 그에 관한 이야기를 종합해 보면 그런 목적과는 좀 동떨어진 게 아니었나 싶다.

지금 와서 한 촌부(村夫)가 길을 떠나게 된 동기나 목적이 중요한 건 아니다. 이야기의 본질은 '할머니가 왜 주막을 미워하게 됐나'에 있으니까. 문제는 할아버지가 길을 떠날 때 혼자가 아니었다는 데서부터 시작되었다. '길을 떠날 때'라고 굳이 강조하는 건 '돌아올 때'는 혼자였다는 주장이 유력하기 때문이다. 그렇다고 길에서 부릴 아랫사람을 대동한 것도 아니었다. 그의 곁엔 있었던 건 여자였다. 그리고 그 여자가 할아버지의 길동무가 되기 전 신분은 건넛마을 주막집의 주모였다.

할머니와 주막은 그렇게 간접적인 관계밖에 형성하지 못했다. 아무리 시골이라고 해도 명색이 반가(班家)의 아낙이 주막집 여자를 만날 일도 없었거니와, 성품으로 볼 때 할아버지와 관련된 소문을 들었다 해도 직접 찾아가는 일 따위는 없었을 것이다. 그렇지만 할머니는 주막이라는 단어를 가슴에 못처럼 박고 살았다. 아픔을 입 밖으로 내지 않고 가슴에 묻고 사는 건 악다구니하는 것보다 훨씬 힘들었을 것이다. 나라가 해방되고 남북으로 쪼개진 뒤, 빈털터리로 돌아온 할아버지는 객지에서 얻어온 병으로 그나마 남아있던 재산을 깨끗이 털어버리고 세상을 달리했다.

비슷한 시기에 마을에서 주막이 사라졌다. 그 마을뿐 아니라 대부분의 동리에서 주기(酒旗)가 내려졌다. 양조장에서 만든 막걸리를 떼어놓고 파는 집이나 구멍가게

들이 지나는 길손들에게 잔술을 내놓기도 했지만 이미 전통적 주막의 모습은 아니
었다.

　주막은 길을 걷는 사람들에게는 없어서는 안 될 존재였다. 사막을 건너는 나그네
에게 오아시스가 그러하듯, 주막 역시 길손들의 허기와 갈증을 해결해줬다. 그래서
주막이라는 단어는 먼 길을 떠나는 나그네가 지닌 낭만(실상이야 어떻든 간에)이나 고독

같은 요소를 슬그머니 공유하기도 했다. 나그네들은 막걸리 한 사발로 마른 목을 축이고 국밥으로 고픈 배를 달랬다. 강나루나 큰 고개 아래에는 반드시 주막이 있었다. 뗏목을 타고 수백 리를 가야 하는 물길 곳곳에도 주막은 있었다. 과거를 보러가는 선비든 두 다리를 밑천 삼아 전국을 돌아다니는 장돌뱅이든 주막에서 먹고 잠을 잤다.

주막은 임진왜란 이후에 관(官)에서 설치한 원(院)이 쇠퇴하고 민간의 상업 활동이 활발해짐에 따라 이들을 위한 숙식시설로 발전했다고 한다. 도시에서는 객주나 여각(旅閣)이, 시골에서는 주막이 여인숙 구실을 했다. 19세기 후반에는 10~20리 사이에 한 곳 이상의 주막이 있었고 특히 장이 서는 곳이나 역(驛)이 설치된 곳, 나루터와 광산촌 등에 발달했다. 주막에서는 술이나 밥을 사먹으면 보통 숙박료를 따로 받지 않았다. 한두 칸의 온돌방에서 10여 명이 같이 잠을 잤다.

이 땅에 아직도 주막이 남아있을까? 그 흔적을 찾아 경북 예천에 도착한 건, 함박눈 대신 추적추적 비가 내리는 겨울 아침이었다. 예천에는 이 나라의 '마지막 주막'이라 불리는 삼강주막이 있다. 삼강(三江)은 회룡포를 돌아 나온 내성천과 문경에서 발원한 금천이 예천군 풍양면 삼강나루에서 낙동강과 합류한다 해서 붙여진 이름이다.

1900년 전후에 세워졌다는 삼강주막은 삼강나루를 거쳐 가는 길손과 낙동강을 타고 오르내리는 소금 배의 인부들, 보부상들이 먹고 자는 곳이었다. 삼강은 영남에서 한양으로 가는 길목이었기 때문에 새재를 넘기 위해선 이곳을 지나야만 했다. 그러니 주막은 늘 문전성시를 이룰 수밖에.

하지만 화려한 날이 저문 지금은 옛이야기만 남아있을 뿐이다. 삼강주막의 마지막 주인이자 이 땅의 마지막 주모였던 유옥연 할머니는 2005년 타계했다. 유 할머니는 열여섯 살에 혼인해서 반세기 넘게 주막을 지켰다고 한다. 삼강주막은 유 할머니가 떠난 뒤 오랫동안 방치돼 폐가처럼 퇴락했었는데, 경상북도가 '관광 상품'으로 복원했다. 새마을운동 때 슬레이트 지붕으로 바뀌었던 걸 다시 초가로 바꾸고 전체적으로 깔끔하게 수리했다.

부엌 안까지 들어가 옛사람의 자취를 흘끔거려본다. 100년의 세월이 남긴 흔적은 아직 곳곳에 남아있지만 비교적 말끔하게 단장돼 있다. 역사를 걷어내고 '현재'를 입힌 것 같은 느낌이 들 정도다. 주막의 규모는 '손바닥만 하다'는 말이 어울릴 정도로 작다. 조금 큰 방 하나에 작은 방 하나, 부엌과 네댓이 앉기에도 좁아 보이는 마루가 전부다. 그리고 역시 손바닥만 한 장독대에 항아리와 독 서너 개가 겨울비 아래 옹송그리고 있다. 뒤편에 싸리를 엮어 둘러친 뒷간까지 돌아보고 나면 집 구경은 끝이다.

벽에 메뉴가 붙어 있는 걸 보니 주막으로서 본연의 역할도 복원한 것 같다. 바깥 노인이 오가길래 물으니 밥은 없고 막걸리와 전·도토리묵·두부 같은 간단한 안주를 판단다. 뜨내기가 주막에 와서 막걸리 한 잔 얻어먹으면 됐지 무얼 더 바랄 것인가. 막걸리와 두부를 주문하니 춥다고 방으로 들어가란다. 방은 서넛이 앉으면 꽉 찰 만큼 좁다. 조금 뒤 노인이 쟁반에 놓인 음식을 들이민다. 막걸리 반 되, 썬 두부, 김치, 간장이 전부인 조촐한 상이다. 주모가 떠난 자리를 주부(酒父 혹은 酒夫)가 메운

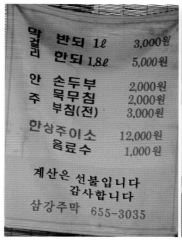 

것인가. 음식은 보기보다 맛이 괜찮다. 술맛도 그럴듯하긴 하지만 혼자 마시는 술이
뭐 그리 입에 붙으랴. 게다가 운전을 해야 하는 판이니 사진이나 몇 장 찍고 나오는
수밖에. 노인을 찾아 몇 가지 묻지만 의외로 말을 아낀다.

　"예서 사십니까?"

　"예"

　"혼자 사세요?"

　"예"

　"주모 할머니는 언제 돌아가셨습니까?"

　"글쎄…… 한 오년 됐나……."

　마침 손님 몇이 들이닥치는 바람에 대화는 거기서 끝난다.

　어차피 한번 오면 떠나는 게 사람살이거늘, 더 이상 물을 것도 없다. 다시 둑에 올라 삼강이 만난다는 곳에 시선을 둔다. 사람은 바람 따라갔지만 강물은 여전히 그 길을 흐른다. 이 물길로 소금배가 지나고 뭍으로 난 이 길로는 숱한 사람들이 지났겠지. 그들이 남긴 사연은 또 얼마나 많았을까.

　눈앞에 강을 가로지르는 삼강교가 거대한 위용을 자랑한다. 문명의 도구들은 편리함을 가져다주는 대신 반드시 무언가 하나씩 지워버린다. 지난 2004년 이 다리가 완공되면서 강을 건너 주던 뱃사공이 떠나갔다고 한다. 우연의 일치겠지만 유옥연 할머니도 그 뒤 얼마 지나지 않아 세상을 떠났다.

둑에서 내려오다 집 뒤에서 주막을 설명하는 입간판을 만난다. '경상북도 민속자료 134호'라는 문구 아래 역사가 적혀 있다. '삼강나루의 나들이객에게 허기를 면하게 해주고 보부상들의 숙식처로, 때론 시인 묵객들의 유상처로 이용된……' 이제 와서 설명이 화려하면 무엇 하랴. 집도 옛날의 그 집이 아니고 주막을 지키던 이도 저승으로 가는 강을 건넌지 오랜 것을. 수백 년 세월 한 자리에 서서 오고가는 사람들을 지켜보았을 회화나무에 기대어 천지간의 무상함을 듣는다.

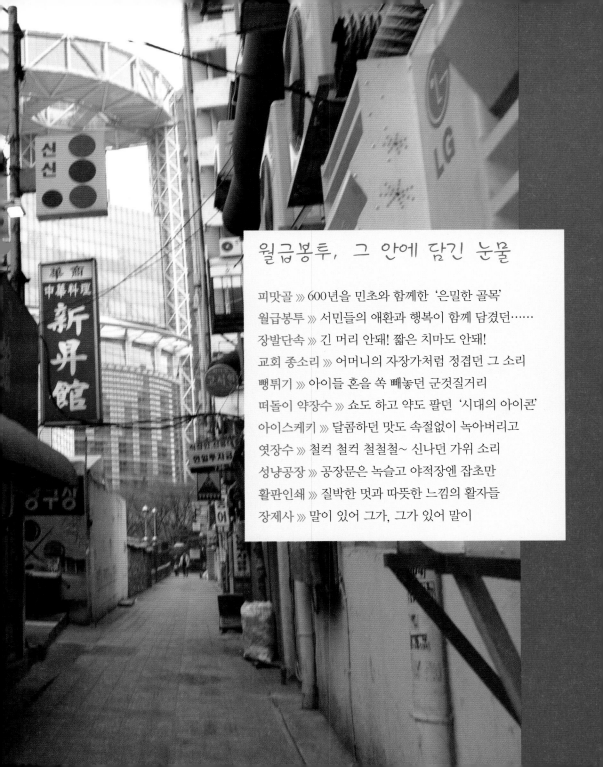

월급봉투, 그 안에 담긴 눈물

피맛골
600년을 민초와 함께한 '은밀한 골목'

    광화문 육조거리가 끝나는 지금의 교보문고 옆에 좁고 오죽잖은 골목이 있습니다. 이름 하여 피맛골이지요. 다 아시는 얘기겠지만 어느 날 임금이 타신 가마가 육조거리를 지나는데, 어떤 무지렁이가 고개를 조아리고 있어야 할 판에 꽁무니에 불이 붙은 양 내달리다가 관헌에게 붙잡히고 말았다지요. 그 이야기가 어찌어찌 하여 임금님 귀에까지 들어갔는데 사연을 들어보니 하필 그날이 마누라 산일이어서 미역을 사러왔다가 어가를 만났겠다. 임금행차가 지나려면 마누라 애 낳고 백일은 지나야 될동말동할 형편이니 에라 모르겠다 산목숨부터 살리고 보자 하고 일을 저지르고 말았던 것이라나. 임금님이 이 말을 들어보니 딱한 마음이 들어 국가보안법이고 집시법위반이고 다 뒤로 하고 무지렁이들이 자유로이 다닐 수 있는 사이 길을 만들었으니 거기가 바로 피맛(피마=避馬)길이랍니다.
(후략)

－전재현의 〈피맛골〉 중에서

이 땅에 어느 어진 임금이 있어, 저 이야기대로 민초를 위한 길 하나 만들어 줬다면 얼마나 아름다웠으랴. 600년 동안 서민들과 함께 해온 골목길을 가차 없이 지워버리는 이 시대보다는 훨씬 더 인간적이고 살맛이 났을 것이다. 하지만 쉽사리 믿기 어렵다. 고금을 통틀어 권력이 힘없는 자들의 편이었던 적이 얼마나 있었던가. 차라리 모두 수긍할 만한 이야기나 재탕하고 말 일이다. 조선왕조 때 행세깨나 하는 벼슬아치들이 교자나 말을 타고 종로통에 행차하면 민초들은 머리를 조아리고 그들이 지나가기를 기다려야 했다. 아니꼬운 건 둘째 치고 생업에 얼마나 지장이 많았으랴. 그래서 자꾸 큰길 옆 건물 뒤쪽으로 스며들다 보니 사람 두엇 지날만한 으슥한 골목이 생겼을 테고, 게서만큼은 눈치 볼 일 없는 백성들이 가끔 흥타령도 뽑으며 걸었을 것이다.

그런데 이건 또 웬 날벼락인가. 그렇게 오랜 세월을 '낮은 자'들과 함께 해온 길이 이 시대에 와서 마지막 숨을 헐떡거리고 있다. 도시환경 정비사업이라나? 수년 전 골목 한 구간이 홀쩍 사라지고 그 자리에 거대 빌딩이 들어설 때만 해도 그쯤에서 그치려니 했다. 헌데 그게 아니었다. 어느 날 청진동의 정든 음식점들이 문을 닫고 쫓겨 가더니, 드디어 피맛골의 '알짜구간'에도 칼을 들이댄 것이다.

골목 하나쯤이야……? 그리 쉽게 생각할 일이 아니다. 오래된 것들은 떠날 때 혼자 가는 법이 없다. 수백 년 쌓인 삶의 퇴적물들과 곰삭은 이야기들을 데리고 떠나기 마련이다. 피맛길은 지금의 교보문고에서 동대문 근처인 종로6가까지 이어져 있었다. 종로통 건너 쪽으로도 길이 있었다. 그러나 그쪽 길은 일찌감치 이리저리 뜯겨져 버리고 종로3가 전(前)골목 등에 듬성듬성 흔적이 남아있을 뿐이다.

길은 시간과 교접하여 문화를 잉태한다. 민초들의 길이었던 피맛길 역시 피맛골이라는 독특한 '음식문화촌'을 낳았다. 빈대떡과 막걸리는 물론이고 생선구이·낙지·족발 등의 메뉴는 호주머니가 가벼운 서민들을 따뜻하게 보듬었다. 그래서 이 골목에는 가난한 학생들은 물론 시인·화가 등 예술가나 샐러리맨들의 희로애락이 오래된 얼룩처럼 배어있다.

언제 흔적을 지울지 모르는 피맛골을 사진으로 남겨두기 위해 골목 탐사에 나선 건 2008년 초봄이었다. 종로4가 종묘공원을 지나 3가 피카디리극장 옆 골목에서 카메라를 꺼내들었다. 그곳에서부터 피맛길이 이어진다. 종로3가와 2가 사이에 늘어서 있는 보석가게들의 뒷골목이다. 이 구간은 오고가는 사람이 그리 많지 않다. 전깃줄이 어지럽게 얽혀있고 기원·역술원·만화가게·호프집·음식점 등이 점점이 박혀있다. 탑골공원을 지나 종로2가 쪽으로 건너면 인사동 길을 만나게 되고, 피맛길은 거기서부터 다시 이어진다. 여관·술집·음식점 등이 늘어서 있어서 분위기는 3가 쪽과 별반 다르지 않다.

골목은 YMCA 건물을 만나면서 또 방향을 잃는다. 여기 어디쯤 우미관이 있었을 테고, 김두한의 호통이 들릴 것도 같은데 돌아보면 일상에 쫓기는 사람들의 발걸음만 분주하다. 조금 더 올라가면 삼성생명빌딩(옛 화신백화점)을 만나고 그 뒷골목에도 수많은 음식점들이 진을 치고 있다. 차도를 건너면 제일은행 본점 건물이 버티고 있

* 사진을 찍고 취재한 것은 2008년 3월, 글을 쓴 때는 2009년 3월이다. 그 뒤로 음식점들이 들어있던 건물이 헐리고 골목이 사라지는 등 많은 변화가 있었지만 현장감을 살리기 위해 시점을 고쳐 쓰지 않는다.

고, 그 옆으로 다시 청진동을 중심으로 하는 골목이 시작된다.

여기서부터 본격적인 음식골목이다. 이 땅에서 둘째가라면 서러워할 음식점들이 포진하고 있다. 1939년에 문을 열어 이승만·박정희 전 대통령을 비롯하여 유명 인사들이 즐겨 찾았다는 한일관과, 자장면과 물만두 맛이 일품이라는 화상(華商) 신승관이 있다. 거기서 조금 더 가면 농협중앙회 옆 골목 청진동길과 만난다. 1937년에 문을 연 해장국의 대명사 청진옥을 비롯해 청일옥, 홍진옥 등이 있다. 여기서 좀 더 지나면 대형 빌딩 르메이에르를 만난다. 건물 1층에 길을 내고 홍살문 모양의 기둥을 세워 '피맛골'이라는 간판을 매달아 놓았다. 성의는 가상하지만 양복 입고 갓을 쓴 것처럼 어색하다. 거기서 길을 하나 더 건너면 '알짜배기 피맛골'을 만날 수 있다. 입구 쪽엔 낙지와 불판으로 유명한 서린낙지가 있다. 화끈한 낙지볶음으로도 유명하지만 콩나물·소시지·베이컨·감자·김치 등을 넣고 익혀먹는 '불판'도 일품이다.

몇 걸음 더 가면 3대째 생선을 굽고 있는 피맛골의 터줏대감 함흥집이 있다. 이곳 주인은 피맛골이 없어지면 더 이상 음식점을 하지 않을 거란다. 피맛골 아닌 곳의 함흥집을 생각해본 적이 없다는 게 이유다. 40년 전통의 삼성집 역시 생선구이를 앞세우고 있지만, 족발·낙지전골·아구찜·빈대떡 등 화려한 메뉴를 자랑하는 음식 백화점이다. 생선구이 하면 대림도 빼놓을 수 없다. 삼치·고등어·꽁치 등을 식당 앞에서 석쇠로 굽는데, 골목에 들어섰다 하면 냄새의 유혹에 그냥 지나가기가 쉽지 않다.

골목 끝의 열차집은 빈대떡으로 유명하다. 이집의 빈대떡이 얼마나 맛있던지 박

정희 전 대통령은 청와대에 들어간 뒤에도 주문해 먹었다는 이야기가 전해온다. 골목을 나오면 교보문고를 마주한 오른쪽으로 음식점들이 죽 늘어서 있는데, 여기에도 유명한 곳이 많다. 점심시간마다 길게 줄을 서는 메밀국수집 미진, 빈대떡·족발로 유명한 청일집·경원집·장원집, 화끈한 낙지의 원조 이강순실비집, 생태찌개로 이름을 날린 안성또순이집…….

긴 세월동안 그렇게 서민들 곁을 지켜온 음식점들이 피맛길과 이별을 앞두고 있다. 아니, 벌써 많은 곳이 이전하거나 폐업하는 바람에 폐허처럼 썰렁하다. 대부분은 근처에 있는 르메이에르 빌딩이나 광화문·북창동 일대로 떠났거나 떠난다. 하지만 휘황찬란한 빌딩은 빈대떡 굽는 냄새나 족발 삶는 냄새를 제대로 끌어안아 줄

것 같지 않다. 같은 주인이 같은 이름의 간판을 달고 영업을 해도 오랫동안 익숙해
진 그 맛이 나지 않을 것 같은 느낌이 든다.

　피맛골 같은 곳은 한번 사라지면 다시 만들 수 없다. 골목은 오랜 삶의 흔적들이
쌓여 자연스럽게 만들어지는 것이기 때문이다. 물론 경제성으로 본다면 종로라는
금싸라기 땅에 허름한 건물들을 계속 남겨둘 이유가 없을 것이다. 그렇다고 해도,
정말 부수고 없애는 것만 능사일까? 골목은 문화다. 더구나 피맛골은 수백 년에 걸
쳐 만들어진 문화다. 잘 지켜서 후손에게 물려줄 의무가 있다. 그런데 우리는 무슨
짓을 하고 있는 것인지. 가슴이 도둑맞은 곳간처럼 텅 비어 버린 게 나 혼자뿐일까?

월급봉투
서민들의 애환과 행복이 함께 담겼던……

월. 급. 봉. 투.

월급봉투라는 단어를 한 자씩 떼어서 발음하다 보면 가슴 한쪽이 시큰해지는 중년 사내들이 많을 것입니다.

그만큼 담긴 사연이 많은 게 월급봉투지요.

지금이야 월급이 통장으로 자동이체되고 명세서라는 것도 대부분 온라인으로 전해지니 특별히 애환이나 기쁨이 담길 일이 없지요.

자신은 소처럼 일이나 하고 직장과 아내가 계약을 맺어서 급여를 주고받는 것 같다는 사내들이 많다고 하면 심한 과장일까요?

그러다 보니 가끔 "재주는 곰이 넘고 돈은 ○○이 챙긴다더니……." 하는 자조 섞인 한탄이 나오기도 하는 것이지요.

사실 그렇잖아요.

월급날이라고 해도 집에 들어가서 생색 한번 낼 수 없고, 조금은 과장된 아내의 찬사도 들을 일이 없으니 일하는 재미가 반감된 셈이지요.

이게 모두 월급봉투가 사라진 뒤로 생긴 일입니다.

월급날이면 마음이 조금씩 설레곤 했지요.

오늘은 언제쯤 돌릴까 하고 괜히 두리번거리기도 하고요.

그러다 사동이나 경리가 월급봉투를 들고 와 나눠주면 입에 끈끈한 미소가 흐르곤 했습니다.

편지봉투보다 조금 큰 누런색의 봉투에 본봉이니 수당이니 보너스가 적혀 있고, 그 아래에는 갑근세나 주민세 같은 공제액이 적혀 있었습니다.

별 볼품은 없었지만 월급쟁이들한테는 지상 최고의 봉투였지요.

봉투를 받으면 혹시 지난달보다 조금 더 나온 건 아닐까, 아니면 몇 푼이라도 더 뗀 건 아닐까 슬그머니 헤아려보기도 했습니다.

하지만 늘 십 원짜리 하나도 틀리지 않게 들어있고는 했지요.

월급봉투를 받고 나면 재미있는 풍경이 벌어지기도 했습니다.

어떤 사내들은 용돈을 좀 챙겨보려고, 경리직원에게 수령액을 고쳐 달라고 애교 작전을 펴기도 했지요.

가불이라도 한 사람은 월급봉투가 한숨봉투가 되기도 했습니다.

쓸 때야 좋았지만, 얇아진 봉투를 받고 나면 한 달을 살아갈 생각에 눈앞이 캄캄해지는 것이지요.

누가 뭐래도, 월급날은 남편들이 우쭐해져서 집에 들어가는 날이었습니다.

아내라고 왜 월급봉투를 기다리지 않겠습니까.

이제나 저제나 하다가 남편의 기척이 들리면 반색하게 마련이지요.

아내는 괜히 아무것도 묻어있지 않은 남편의 옷을 털어주는 척하기도 하고, 남편은 평소에는 스스로 잘 벗던 양복도 아내가 받아줄 때까지 뻐기기도 했습니다.

아이들이 있는 집은 용돈이 분배되는 날이기도 했습니다.

보너스라도 두둑하게 받은 날은 잔칫집 분위기지요.

그날은 김치찌개에 돼지고기가 빡빡하고, 평소엔 아내가 그렇게 눈을 흘기던 소주병이 밥상 위에 올라가 있기도 했습니다.

또 외식을 할 확률이 가장 높은 날이지요.

서민들이 먹어봐야 고기 몇 점씩이겠지만, 그래도 온 가족이 손잡고 나들이를 하던 풍경은 세월 지나 생각해도 가슴이 뿌듯합니다.

기쁨은 항상 그 안에 그만한 애환을 품기 마련이지요.

지금이라고 월급쟁이들 신세가 그리 나아진 건 아닙니다만, 쥐꼬리만 하던 서민들의 월급은 항상 아픔을 동반했지요.

아내들은 늘 쫓기듯 살아갈 수밖에 없었습니다.

남편과 아이들이 잠든 사이 몽당연필에 침 묻혀 가며 계산하고 또 계산하고 세어보고 또 세어 봐도 왜 그리 항상 부족했던지.

몇 푼 안 되는 걸 이리 쪼개고 저리 나눠놔도 항상 아이들 내복 하나 살 돈이 안

남던 시절.

이달도 연탄을 낱개로 사다 써야 한다고 생각하면 한숨뿐이었지요.

잠든 남편과 아이들의 얼굴을 바라보며 눈물짓던 아내가 어디 한둘이었겠습니까?

그래도 아침이면 남편 기죽이지 않으려고 용돈을 떼어준 뒤 배웅하고 돌아서면 또 다시 터지던 한숨.

언제 셋방살이를 면해보나 생각하면 절벽이 앞을 가로막고 있는 것 같은 느낌에 무릎에 힘이 빠지던 시절이었지요.

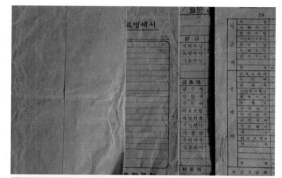
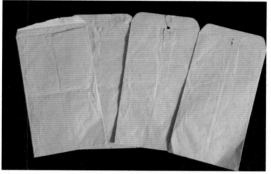

월급고개란 말도 있었습니다.

보릿고개에 빗댄 말이겠지만, 월급을 받기 직전의 어려운 시기를 말하는 것이지요.

지금이야 카드란 것이 있으니 먹고 입는 것, 교통비까지 외상이 가능하지만 그때야 어디 그랬나요.

현금이 없으면 아무것도 못하던 시절이니 월급고개는 보릿고개만큼이나 무서웠습니다.

그나마 가장이 성실해서 월급을 꼬박꼬박 갖다 주는 집은 괜찮았지요.

어떤 가장들은 월급봉투를 통째로 술집에 바치기도 했습니다.

한 달 내내 외상으로 먹은 술값이 월급의 뺨을 칠만큼 불어나게 된 것이지요.

월급날, 술집주인이나 아가씨들이 회사 정문에서 진을 치던 풍경도 그리 낯선 것만은 아니었습니다.

어떤 술집주인은 아예 사무실까지 쳐들어오는 바람에 싸움 아닌 싸움이 나기도 했지요.

"이런 법이 어디 있어?"

"당신이 외상값 안 갚고 자꾸 도망치니까 이러는 거 아냐……."

싸움이야 사무실에서만 났겠습니까?

외상값 갚은 기념으로 또 한 잔 하고 집에 들어가면, 기다리다 지친 아내의 눈에서는 불꽃이 번쩍거리지요.

그러다 빈손임을 확인하는 순간 억장이 무너지지 않는 아내가 어디 있겠습니까?

세계대전에 버금가는 싸움이 벌어지게 마련이지요.

지금도 월급봉투가 완전히 사라진 것은 아닐 겁니다.

아직 봉투를 주고받는 소규모 사업장도 있겠지요.

하지만 월급봉투가 추억 속으로 걸어 들어간 지 오래인 건 사실입니다.

월급봉투의 시대가 막을 내리기 시작한 것은 1980년대 초쯤 될 겁니다.

그때부터 은행들이 온라인 전산시스템을 갖추기 시작했으니까요.

1990년대 들어서는 점차 구경하기조차 힘들게 되었습니다.

월급봉투를 고수하던 업체들도 거래 은행의 '요청'을 끝까지 물리칠 수는 없었을 테니까요.

그러다 보니 월급 받는 날의 설렘이나 들뜬 풍경도 당연히 볼 수 없게 되었지요.

삶이 늘 고단할 수밖에 없는 샐러리맨들의 마지막 기쁨마저 사라진 것 같아 영 안타깝습니다.

그래서 생각해본 건데요, 그런 날 하나 만들면 안 될까요?

경리담당 직원들한테는 욕먹을 소리겠지만, 공무원이든 회사원이든 1년에 한 번쯤은 누런 봉투에 현금으로 월급을 담아주는 것이지요.

'월급쟁이의 날' 혹은 '샐러리맨의 날'이라고 이름 하나쯤 정해도 괜찮고요.

그날은 남편(아내)들도 집에 들어가서 괜히 한번 뻐겨보고, 아내(남편)들도 월급봉투 전해주는 남편(아내)에게 애교도 한번 부려주고, 가족끼리 외식도 한번 하고……

맞벌이 부부는 서로를 신나게 격려하고.

은행갈 일만 늘어나니, 괜한 상상 말라고요?

장발단속
긴 머리 안돼! 짧은 치마도 안돼!

왜~불러~ 왜~ 불러~ 돌아서서 가는 사람을 왜~ 불러~

송창식의 노래 〈왜 불러〉의 첫 구절이다. 송창식은 1975년 문화방송(MBC) 가수왕에 등극한다. 그리고 그해 최고의 히트곡 〈왜 불러〉는 그가 가수왕에 오른 뒤 금지곡 리스트에 이름을 올린다. 최고 인기가요가 졸지에 금지곡이 되는 일이 벌어진 것이다. 송창식의 다른 노래 〈고래사냥〉도 함께 '구금' 된다. 1975년 개봉한 영화 〈바보들의 행진〉 삽입곡이기도 했던 이 노래들의 금지사유는 '시의 부적절' '사회 건전분위기 침해' 였다고 한다. 아무리 생각해도 애매모호한 이유였는데, 모든 게 엿장수 맘이던 시절이니 따져본들 무엇하랴.

그 당시 뒷말도 무성했다. 노래가사 중 '왜 불러 왜 불러…… 이제 다시는 나를 부르지도 마!' 라는 부분이 '국가권력에 대한 반항' 으로 지목됐다는 이야기도 있었다. 가장 그럴 듯한 이유는 영화 〈고래사냥〉이 설명해준다. 주인공 병태와 영철이

194

서울신문 포토라이브러리 제공

미팅에 가려고 온갖 멋을 내고 거리에 나서는 순간 장발단속 경찰관이 쫓아온다. 그들은 죽으라 하고 도망치고, 배경음악으로 〈왜 불러〉가 절묘하게 흐른다. 경찰관이 부르는데 도망가는 건 체제 부정이고 정부를 무시하는 행위라는 것이다. 정말 그 이유로 〈왜 불러〉가 금지곡이 됐든 아니면 떠돌아다니던 풍문 중 하나였든, 그런 소문조차 신빙성 있게 들리던 시절이었다.

1970년대는 긴급조치나 계엄령 외에도 장발단속·불심검문 등 으스스한 단어들이 춤을 추었다. 대학생들은 학교에서 나오는 길에 골목길로 스며들기 일쑤였다. 길목 곳곳에 경찰관이 포진하고 있었다. 저 멀리 경찰모자가 보이면 후닥닥 뛰거나 슬그머니 다른 길로 빠져야 했다. 경찰관들은 가위를 들고 굶주린 하이에나의 눈초리로 지나가는 젊은이들을 훑었다. 그러다가 머리가 조금 덥수룩해 보인다 싶으면 불러 세웠다. 어이! 하고 지목당하는 순간 영화 〈고래사냥〉에서처럼 냅다 뛰는 젊은이

들도 있었지만 대부분은 땅꾼 만난 뱀처럼 무기력하게 경찰관 앞으로 가기 마련이었다.

뒷머리가 옷깃에 닿거나 옆머리가 귀를 덮으면 장발로 판정됐다. 그걸 피하려고 머리를 파마로 말아 올리는 웃지 못할 일이 벌어지기도 했다. 하지만 이 기준도 귀에 걸면 귀걸이 코에 걸면 코걸이였다. 고개를 뒤로 조금 젖히면 그리 길지 않은 머리도 옷깃에 닿는 판이니 처분은 들쭉날쭉하기 마련이었다.

대가 조금 센 친구들은 잠깐씩 실랑이를 벌이기도 했다. "이게 뭐 길다고 그래요. 엊그제 깎은 거란 말입니다." 반면에 읍소형도 많았다. "한 번만 봐주세요. 바로 이발소 가서 깎을게요." 하지만 대부분은 '용서받지 못한 자'가 되기 마련이었다. 경찰관들은 현장처분을 내렸다. 가위로 썩둑썩둑 잘라 '땜통'을 만들거나 바리캉으로 '고속도로'를 냈다. 파출소까지 끌려가서 '정신교육'을 받은 뒤에야 풀려나는 경우도 있었다. 어떤 친구들은 머리에 난 고속도로를 그대로 둔 채 학교에 가기도 했다. 최소한의 저항인 셈이었다.

1970년대는 통기타와 청바지·장발로 상징되는 청년문화가 꽃을 피우던 시기였다. 유럽과 미국을 들끓게 했던 히피·펑크족들의 반전·염세문화가 유입되고 사회의 부조리에 대한 반항 심리가 뒤섞여 새로운 기류가 형성된 것이었다. 하지만 이 같은 청년들의 '작용'에 대한 기성세대의 '반작용'은 생각보다 거셌다. 신구세대와 동서문화의 충돌이라고도 할 수 있었다. 정부는 반사회적이며 미풍양속을 해친다는 이유로 상당수의 대중가요를 금지곡으로 묶고 장발 등에 철퇴를 가했다. 청년문화는 그렇게 제대로 피워보지도 못하고 긴 터널 속으로 빨려 들어갔다.

이런 갈등은 장발 단속에 그치지 않았다. 지금은 생각도 할 수 없는 풍경이 곳곳에서 벌어졌다. 미니스커트 단속도 그 중 하나였다. 당시 경찰관들은 30cm 자를 갖고 다니기도 했다. 그 시절 젊은 여성들을 달뜨게 만들었던 미니스커트 바람이 빚어낸 산물이었다. 기성세대나 정부는 여자들의 짧은 치마를 못 견뎌했다. 그래서 미니스커트의 길이를 규제해야 한다는 결론에 이르게 되었다.

1973년에는 경범죄처벌법을 만들어 미니스커트를 단속하기 시작했다. 미풍양속을 해친다는 것이었다. 경찰관들은 '과다노출녀'들에게 자를 들이대기 시작했다. 무릎부터 재서 맨살이 20cm가 넘으면 적발대상이었다. 치마길이의 마지노선을 법으로 정한 셈이었다. 적발되면 기초질서 위반으로 즉결심판에 넘겨지기도 했다. 자를 든 경찰관과 짧은 치마를 입은 여성들이 숨바꼭질하는 진풍경이 벌어졌다. 무릎에서 치마까지 길이를 재고 있는 경찰관이나 적발을 모면해보겠다고 치마를 자꾸 내리는 아가씨들. 지금 생각하면 웃을 수도 울 수도 없는 묘한 풍경이었다.

더 끔찍했던 건 곳곳에서 벌어지는 불심검문이었다. 민주화의 열망에 대한 억압이 강해질수록 젊은이들의 저항도 거세졌다. 반독재를 외치는 젊은이들의 목소리는 채찍으로도 최루탄으로도 잠재울 수 없었다. 거리에서는 수시로 불심검문이 벌어졌다.

경찰관들은 툭하면 젊은이들을 불러 세우고 신분증 제시를 요구했다. 조금 수상하다 싶으면 손이 가방 속으로 들어갔다. 가방의 내용물이 길바닥에 나앉는 건 예사였다. 성인이 된 대학생에게, 그 정도가 되면 귀찮은 정도가 아니라 굴욕이었다. 집단시위를 할 때는 강해 보이지만, 동료들에게서 벗어나 '개인'이 된 젊은이들은 공권력 앞에 힘없는 존재일 뿐이었다. 설익은 저항은 대부분 패배로 끝났다. 가방에서 '반정부 전단'이라도 나오면 상황은 굴욕에서 끝나지 않았다. 불심검문의 '전리품'이 되어 끌려가야 했다. 그 상황을 벗어난 젊은이들도 시대의 아픔을 안주 대신 질근질근 씹으며 텁텁한 막걸리 몇 잔으로 울분을 잠재워야 했다.

요즘 젊은이들은 자기 마음대로 머리를 꾸민다. 꽁지머리를 했다고, 새파랗게 염색을 했다고, 박박 밀어버렸다고 나라에서 간섭하는 일은 없다. 젊은 여자들의 치마도 마찬가지다. 한때 '똥꼬치마'라는 게 유행했을 정도로 치마길이의 선택은 각자의 몫이다. 치마가 짧다고 자를 들고 쫓아다니는 경찰관이 있다면 아마 정신이상자 취급을 받을 것이다. 시위문화도 마찬가지다. 광화문 네거리에서 "대통령 물러가라."고 외치는 세상에 살고 있다. 그래도 그것 때문에 나라 무너졌다는 소리를 들어본 적은 없다.

검은 교복·검은 모자·빡빡머리가 '학생'의 상징이던 시절. 교련복·예비군복·민방위복이 공동의 선(善)을 상징했던 시절. 그런 시절은 과거가 됐다. 하지만 가만 생각해보면 그리 오래 전 일도 아니다. 지금도 저만치 경찰관이 보이면 슬그머니 머리에 손이 올라가는 중년 사내들이 있는 걸 보면 악몽은 죽음으로서야 망각과 맞바꿀 수 있는 것인지도 모른다.

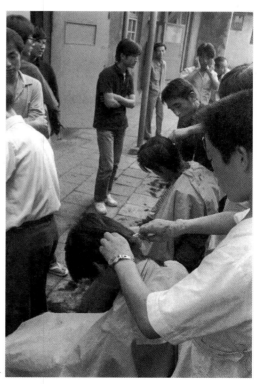

서울신문 포토라이브러리 제공

교회 종소리
어머니의 자장가처럼 정겹던 그 소리

기독교인이냐고요?

아뇨, 그건 아니고요.

교회가 아니라 교회 종소리에 대해 말하려던 참이었거든요.

하지만 이왕 이야기가 나왔으니 교회와의 처음이자 마지막 인연을 말하고 가는 것도 나쁘지는 않겠네요.

제가 나고 자란 곳은 꽤 궁벽한 시골이었는데도 언덕 위에 조그만 교회가 있었습니다.

하얀색으로 칠해져, 햇빛을 받으면 아련하게 빛나는 그런 건물이었지요.

당시로서는 보기 쉽지 않은 풍경이었던지라 '촌놈' 들에게는 약간 이질적이면서도 경외의 대상이었던 것 같습니다.

그 교회를 딱 한 번 간 적이 있었습니다.

누군가가 사탕을 주면서 "교회에 가면 공책도 연필도 줄 것"이라고 말했다거나, 부활절에 주는 달걀 때문에 갔다는 식의 고백은 필요 없겠지요?

문제는 하필 제가 간 날 일이 터졌다는 데 있습니다.

'볼일'이 끝나 나오려고 하는데, 글쎄 신발이 감쪽같이 사라진 것입니다.

그 검정 고무신 말입니다.

오래 조른 끝에 어렵게 얻어 신은 터라 사람들이 보지 않을 땐 가슴에 껴안고 걸어갈 정도로 아끼던 신발이었지요.

물론 창조주께서 제게 장난을 치느라 감췄다거나, 그분의 성스러운 말씀을 전하는 이가 한 일이 아니라는 것쯤은 알 수 있었지요.

하지만 신성해야 할 곳에서 그런 짓을 하는 녀석이 있다는 생각에 오만정이 떨어지고 말았습니다.

그 뒤로는 교회에 간 적이 없습니다.

그렇다고 제가 절대자의 존재를 부정하거나, 그분을 위해 존재하는 교회에 대해서 근본적인 거부감을 가진 건 아니었습니다.

아니, 좋아하는 것도 있었습니다.

그 중 하나가 교회 종소리였습니다.

좋아한 정도가 아니라 짝사랑했다는 게 더 적절한 표현일 것 같습니다.

저물녘 들길을 걷거나 저녁밥을 먹다가도 종소리가 들려오면 가슴이 묘하게 두근거리다 온몸이 헤실헤실 풀어지곤 했지요.

왜 그런 거 있잖아요.

밀레의 〈만종〉을 볼 때의 그 느낌…….

멀리 작은 교회당에서 종소리가 울려 퍼지고, 일을 하던 가난한 농부 부부가 석양 아래서 감사의 기도를 올리는 풍경은 언제 봐도 감동스럽습니다.(바구니에 감자가 아니라 죽은 아이가 누워있고, 그 아이를 묻기 전에 기도하는 모습이라는 이면적 이야기 같은 건 잊어버리고요.)

종소리는 항상 어머니의 품처럼 포근하게 감싸주는 '그 무엇'이 있었습니다.

그때 어머니가 제 곁에 있지 않았기 때문에 더욱 그랬는지도 모릅니다.

아, 맞아요.

그리움을 자극하는 특별한 음률도 품고 있었지요.

그래서 입가에 절로 웃음이 흐를 만큼 행복하다가도, 어머니가 사무치게 보고 싶은 어느 저녁 무렵엔 찔끔찔끔 눈물이 솟기도 했습니다.

그런데 말입니다.

어느 날부터 종소리가 사라져버린 걸 알게 되었습니다.

아니, 어쩌면 종소리는 여전히 존재하는데, 제게만 들리지 않았을지도 모릅니다.

처음엔 그런 변화조차 인식하지 못했습니다.

어느 날 소스라치면서 깨닫게 된 거지요.

아마 도시인으로 편입돼, 고단한 삶의 터널 안에서 허덕거리게 되면서부터 그리 되었을 겁니다.

그걸 깨달았을 땐 종소리 대신에 이곳저곳 교회에서 경쟁적으로 쏟아내던 —차

임벨이라고 하나요?— 소음만 귀에 들어왔습니다.

　그 소리는 마치 "내 말 좀 들어보라."고 들이대는 것 같아 영 마음이 가지 않았습니다.

　소음규제 때문이었는지 모르지만 그나마도 어느 순간부터 사라지더군요.

　종소리가 사라지면서, 제 가슴에 담아두었던 순수까지 가져갔다는 건 훗날 알았습니다.

　남들과 다를 것 없는, 밥을 향해 벌건 눈으로 달려드는 '한낱 도시인'이 거기 서

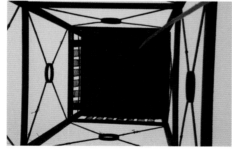

있었습니다.

그 종소리, 잃어버렸던 종소리를 찾은 건 정말 우연이었습니다.

이 땅을 훑고 다니던 길, 강원도 작은 마을의 허름한 숙소에 고단한 몸을 뉘었던 어느 아침이었습니다.

어디선가 뎅~뎅~뎅~ 소리가 들려왔습니다.

처음엔 환청인가 했습니다.

잃어버린 그 종소리라는 걸 확인하는 데는 그리 오래 걸리지 않았습니다.

옷도 제대로 못 챙겨 입고 종소리가 들리는 방향으로 달려갔습니다.

그곳에 작은 교회가 있었습니다.

이미 예배가 시작되었는지 종을 치던 사람은 그 자리에 없었습니다.

하지만 누군가의 따뜻한 숨결과 넘치는 사랑이 긴 파장으로 남아있었습니다.

그 뒤 작은 마을을 들를 때마다 교회를 찾아보고는 합니다.

아직도 시골 교회에는 종탑과 종들이 많이 남아있습니다.

그 종 아래서 오래오래 머물고는 합니다.

누가 따로 종을 치지 않아도 어릴 적 들던 그 종소리가 뎅~뎅~뎅~ 전신을 감싸고 흐릅니다.

진정한 소리는 귀가 아니라 가슴으로 듣는다는 걸 깨달은 것 같기도 합니다.

어머니 품에 안긴 듯, 모든 근심 걱정이 사라지고 온 누리에 평화만 존재합니다.

그럴 때마다 절대자는 언제부턴가 도시를 떠나 한적한 시골에서만 머물고 있는 게 아닌가 하는 생각이 들고는 합니다.

기행수첩

조용한 마을에서 하룻밤을 자고 아침에 교회 종소리를 듣고 싶으면, 어느 토요일 강원도 영월군 주천으로 가라고 권하고 싶습니다. 왜 교회 종소리가 들리는 곳이 주천밖에 없겠습니까만 제가 들어본 중에는 그곳 종소리가 제일 가슴에 깊이 박혔습니다. 일요일 아침에 듣던 그 종소리가 얼마나 감동적이었던지, 시간이 가도 여전히 긴 파장으로 남아있습니다. 주천에는 쌍섶다리가 유명하지요. 조금 떨어진 곳에는 판운리섶다리가 있고요. 요즘 (벽촌으로 남아주기를 바라는 제 바람과는 달리) 한우마을 다하누촌으로 이름을 날리고 있는 곳이 주천이기도 합니다. 고기를 즐기시는 분이라면 질 좋은 한우를 싸게 먹을 수 있는 이곳을 한번 가보라고 권합니다. 근처 영월에 단종의 비애가 담긴 장릉과 청령포 등이 있어서 짭짤한 여행 수확을 거둘 수 있을 것입니다.

뻥튀기
아이들 혼을 쏙 빼놓던 군것질거리

"오는 길에 삼복이 없더냐?"

학교에서 돌아오는 아이에게 할머니가 다급한 목소리로 묻는다. 얼굴이 벌겋게 달아오르고 옷이 땀으로 흠뻑 젖은 걸 보니, 벌써 여기저기 뛰어다니며 삼복이를 찾은 눈치다.

삼복이는 아이의 동생이다. 아직 학교를 갈 나이가 안 됐기 때문에 할머니가 먼 곳으로 일하러 갈 때는 집에 두고 간다. 먹을 것만 준비해놓으면 혼자서도 곧잘 놀고 집도 지키는데, 가끔 슬그머니 증발해서 할머니의 애를 태웠다. 아이는 고개를 반쯤 젓다 말고 언뜻 떠오르는 생각에 책보를 마루에 던지고 뛰어나간다. 아이가 단숨에 달려간 곳은 웃말 최 주사네 느티나무 마당이다. 아니나 다를까, 거기 삼복이가 있다. 마당가 느티나무 그늘 아래 혹부리영감이 뻥튀기 틀을 돌리고 있고 그 주변에 아이들이 둥그렇게 앉아 있다. 삼복이는 맨 앞줄이다. 아이가 반가움과 얄미움

이 교차하는 마음으로 동생의 귀를 잡아당긴다. 삼복이는 아픔에 못 이겨 끌려오면서도 눈은 혹부리영감 쪽에 가 있다. 그러고 있어봐야 누가 튀밥 한 줌 챙겨주는 것도 아닐 텐데 무얼 그리 바라보고 있는지.

삼복이는 심하다고 할 만큼 뻥튀기에 집착했다. 이 마을 저 마을을 떠도는 뻥튀기장수, 혹부리영감은 잊을 만하면 한 번씩 동네에 나타났다. 삼복이는 영감이 마을에 들어서는 순간, 귀신처럼 알아차리고 마중하듯 달려나가곤 했다. 그리고는 미처 전을 다 펴기도 전에 자리를 잡고 앉았다.

노인과 아이들만 사는 집에 튀길 만한 곡식이 있을 리 없었다. 그래서 할머니는 손자들이 혹부리영감 주변에서 얼씬거리는 것을 싫어했다. 먹지도 못하면서 기다리고 앉아있는 꼴이 가슴 아파서였을 것이다. 하지만 삼복이는 아랑곳하지 않았다. 혹부리영감의 턱밑에 앉아서 다른 집 아이들이 자루에 쌀이나 옥수수를 담아 와서 튀

208

겨가는 걸 지켜봤다. 가끔은 동네 아주머니들이 튀밥을 한두 주먹 집어주기도 하는데 그걸 다 먹고도 절대 자리를 뜨지 않았다. 어쩌면 튀밥을 얻어먹기 위해서가 아니라 튀겨지는 과정 자체에 빠져 있는 것인지도 몰랐다. 오늘도 아이의 동네에서 별 재미를 못 본 혹부리영감이 조금 일찍 윗말로 옮겼던 모양인데, 삼복이가 기어이 따라나섰던 것이다.

사실, 철이 어느 정도 든 아이에게도 혹부리영감의 출현은 고문이나 다름없었다. 먹을 것이 변변찮은 시절에 튀밥이야말로 아이들에게는 최고의 군것질거리였다. 혹부리영감이 은행나무 아래에 자리를 펴면 아이들은 엄마를 졸라 쌀이나 보리, 옥수수, 콩 등을 얻어냈다. 그걸 혹부리영감에게 가지고 가면 깡통에 담아서 순서대로 줄을 세워놓았다. 기다리는 시간은 길지만 달콤했다. 무엇이든지 뻥튀기 틀에 들어갔다 나오면 맛있는 간식거리가 되었다. 누룽지나 말린 가래떡을 튀기는 것은 있는 집 아이들이나 누릴 수 있는 호사였다.

뻥튀기 틀을 돌리던 혹부리영감이 둥그런 철망을 댄 뒤, 뻥이요~ 외치면 아이들은 귀를 막고 과장스럽게 호들갑을 떨면서 뒤로 물러섰다. 조금 뒤 펑 소리와 함께 연기가 솟아오르면 아이들은 눈을 반짝거리면서 뻥튀기 틀 앞으로 몰려들었다. 뭉게뭉게 연기 사이로 보이는 튀밥은 탄성이 나올 만큼 탐스러웠다. 반 됫박이나 될까 말까한 곡물을 넣으면 눈을 의심할 만큼 많은 튀밥이 나왔다. 손 빠른 아이들은 자루 속에 손을 넣거나 멍석 위로 흘러나온 걸 한 움큼씩 훑어내었다. 자신도 남의 것을 먹은 경험이 있는 튀밥 주인은 보통 눈을 감아주기 마련이었지만 가끔은 다툼이 벌어지기도 했다.

튀밥은 쌀튀기, 광밥, 깡밥 등 여러 이름으로 불렸다. 주로 군것질거리용이었지만 한과 재료 등으로 쓰이기도 했다. 곡물을 넣을 때 '사카린' 같은 감미료를 첨가했는데 그 단 맛이 아이들의 손을 멈추지 못하게 했다. 아이들의 눈에는 시커멓게 생긴 통이 곡물을 수십 배로 튀겨내는 것이 신기하기만 했지만, 원리는 그리 복잡하지 않았다. 뻥튀기 틀에 곡물을 넣고 밀폐한 뒤 서서히 가열하면 용기 속의 압력이 올라간다. 전에는 조금 큰 깡통에 불을 피워 기계 아래에 넣고 손잡이를 돌려서 골고루 가열했다. 뻥튀기 틀에는 압력측정기가 달려 있는데 눈금이 적절한 단계에 도달했을 때 깡통을 빼 가열을 멈추고 뚜껑을 연다. 뚜껑을 갑자기 열면 압력이 급격하게 떨어지면서 곡물이 부풀어 오르게 된다. 이때 압력차이로 펑하는 소리가 나기 때문에 뻥튀기라고 불렀다. 세월이 한참 흐른 뒤에 등장한, 둥그렇게 튀긴 쌀 과자에 '뻥튀기'란 이름을 내주기도 했다.

요즘도 뻥튀기 과정을 보는 건 그리 어렵지 않다. 전국의 5일장을 돌아다니다 보면 어느 모퉁이인가에는 뻥튀기장수가 자리를 잡고 있다. 하지만 풍경 자체는 많이 바뀌었다. 우선 옛날처럼 아이들이 둘레둘레 모여앉아 있는 모습은 거의 볼 수 없다. 과자니 뭐니 주전부리할 게 지천인데다, 요즘은 어른 못지않게 바쁘기 때문이다. 대신 허리 굽은 촌부들이, 튀겨서 비닐봉지에 담아놓은 튀밥을 사간다. 뻥튀기를 하는 과정도 꽤 많이 달라졌다. 가열도 가스불로 한다. 손잡이도 직접 돌리지 않고 기계적으로 돌아가도록 개량되었다.

모든 게 총알처럼 달려가는데 과거에 머물기를 바라는 것이야말로 욕심일 뿐이다. 하지만 느티나무 아래서 땀을 흘리며 뻥튀기 틀을 지키던 삼복이의 모습은 세월이 갈수록 짙은 그리움이 된다. 아련한 옛날을 담았지만 늘 가슴을 따뜻하게 적시는 빛바랜 사진 한 장처럼.

떠돌이 약장수
쇼도 하고 약도 팔던 '시대의 아이콘'

　자아~ 자아~ 애들은 가라, 애들은 가. 날이면 날마다 오는 게 아녀. 기회는 딱 한 번. 저기 저 아저씨 깡통 깔고 앉어. 자, 거기 아줌마는 업은 애 깔고…… 아, 그건 아니고. 아무거나 깔고 앉어. 자, 이것이 무엇이냐. 안 사고 그냥 가도 뭐라고 안 하니까 끝까지 들어나 봐. 이게 바로 말로만 듣던 만병통치약 신통산이여. 그동안 우리 회사 약 많이 팔아줘서 고맙다고, 이참에 시골양반들도 구경이나 한번 해보시라고, 저~ 서울 영등포에 자리 잡고 있는 본사에서 직접 선전을 나온 것이여. 자, 그럼 이 약이 얼마나 신통방통하길래 신통산이냐. 논밭에 나가 삽질 몇 번만 해도 팔다리 허리 아프다고 아구구~ 소리가 절로 나오시는 분. 잠만 들면 식은땀이 오뉴월 장마처럼 쏟아져 깔고 잔 요가 질퍽~ 질퍽~ 해지는 양반. 맹물만 먹어도 명치끝에 걸려 끅끅거리다가 소다 한 숟갈씩 퍼 자시는 분. 이제부터 걱정 꽉 붙들어 매. 그것뿐이냐. 그것뿐이면 힘들게 떠들지도 않어. 진짜는 지금부터여. 저녁 먹고 마누라가

뒷물이라도 할라치면 냅다 도망치고 싶은 분. 이거 한 통 사다가 잡숴봐. 며칠만 지나면 초저녁부터 불 *끄*자고 난리가 날 것이여…….

　　이렇게 목청 높여 약을 파는 사람은 3류 떠돌이 약장수가 틀림없다. 떠돌이 약장수도 등급이 있었다. 모두 '뱀장수 스타일'로 목청을 높여 약을 판 건 아니었다. 현란한 마술을 앞세우는 사람이 있는가 하면 온갖 악기와 무희까지 동원해 쇼를 하거나 차력으로 사람을 모으기도 했다. 그도 저도 아니면 최소한 털 빠진 원숭이라도 내세워 지나가는 사람들의 발길을 잡았다. 약을 팔기 위해서는 어느 정도 신뢰가 필요했기 때문에 대부분은 격식(?) 있게 홍보를 했다.

　　하지만 마술도 할 줄 모르고 노래할 마누라도 없고 차력은 다칠까봐 엄두도 못 내고 원숭이 살 돈마저 노름판에서 날려버린 약장수야, 유일한 재산인 몸뚱이를 밑천 삼아 사람들을 불러 모을 수밖에. 그런 '나홀로약장수'는 믿을 게 오로지 입심밖에 없었다. 끝도 없이 사설을 엮어내던 그들의 내공은 지금 생각해보면 대단한 것이었다. 어쩌면 요즘의 연기자나 코미디언처럼, 나름대로 그 시대를 울리고 웃기던 예인(藝人)들이었을지도 모른다는 생각이 든다. 구경거리 별로 없는 시골 사람들은 그들의 재담에 모처럼 배꼽을 잡기도 했다.

　　닷새에 한 번씩 서는 장날이면 양말장수도 어물전도 없어서는 안 되지만, 누가 뭐래도 떠돌이 약장수가 빠지면 새알심 빠진 팥죽처럼 허전하기 마련이었다. 장날이면 떠돌이 약장수들은 한쪽에 전을 펴고 현란한 솜씨로 사람들을 끌어 모았다. 쇼나 차력을 하는 약장수는 꽤 인기가 좋아서 서커스에 버금갈 만큼 질펀한 판을 벌이

기도 했다.

　그들이 파는 약도 다양했다. 고약이나 무좀약, 위장약, 두통약에서부터 모든 병
이 씻은 듯 낫는다는 만병통치약까지 없는 게 없었다. 그 중에는 정말 병을 낫게 하
는 약도 없지는 않았겠지만, 대부분은 그저 그런 재료로 조악하게 만든 것들이었다.
만병통치약이라는 게 있을 리도 없으려니와, 정말 그런 약을 만들었다면 장마당을
전전할 까닭이 없을 터였다. 그런데도 약은 쏠쏠하게 팔렸다. 나들이 삼아 나온 장
이니 시간도 남고 심심도 하던 차에 막걸리 한 잔 걸치고 약장수 앞에 앉아있노라면

자신도 모르게 홀딱 빠져들게 된다. 화려한 언변에 노골노골 녹아서 고추 두어 근 판 돈 몽땅 주고 약을 사들고 갔다가 효험도 못 보고 땅을 치는 일도 많았다.

세월의 거센 바람에 떠돌이 약장수 역시 사라져갔다. 요즘은 5일장을 뒤지고 다녀도 떠돌이 약장수와 만나는 일이 거의 없다. 장터에서 약을 살만큼 어수룩한 시절도 아니거니와 시골의 의료혜택도 전보다는 나아졌기 때문이다.

그런데, 최근 떠돌이 약장수의 맥이 완전히 끊긴 게 아니라는 사실을 우연히 확인할 수 있었다. 그것도 5일장이 아니라 서울 한복판에서 그 시절의 풍경을 다시 볼 수 있었다. 한 공원 앞을 지나다 길에서 그들을 만났다. 사람들이 둥그렇게 모여 있기에 들여다보니 한 사람이 담 앞에 앉아 독성을 제거해준다는 뿌리열매를 팔고 있었다. 그리고 거기서 조금 떨어진 곳에는 또 한 사람이 약재를 늘어놓고, 그 약재로 만든 것으로 보이는 약을 팔고 있었다. 펼쳐놓은 책에 '발기부전' 같은 글자가 쓰여 있는 걸 보니 무슨 용도의 약인지 짐작할 만했다. 두 사람 모두 마이크를 목에 걸고 자신이 파는 것의 효능에 대해 열을 올리고 있었다. 옛날처럼 익살과 재담은 없었지만 그 시절 떠돌이 약장수와 스타일은 별로 다르지 않았다. 몇몇 노인들이 발걸음을 멈추고 진지하게 듣고 있었다.

거기서 조금 떨어진 곳에서 만난 사람들은 과거 '규모 있는' 약장수팀의 전형적인 모습을 그대로 보여줬다. 공터에 그럴듯한 차력도구를 차려놓고, '기품 있게' 생긴 한 사람이 승려차림으로 약을 홍보하고 있었다. 둥글게 모여서 구경하는 사람들도 먼저 두 곳에 비해 제법 많았다. 구경꾼은 역시 노인이 대부분이었지만 중년의 사내들, 아주머니, 어린아이까지 있었다. 승려 복장을 한 사람의 구경꾼을 휘어잡는

카리스마가 대단했다. 그들이 정말 좋은 약을 파는 것인지, 과거 떠돌이 약장수들처럼 '적당히' 조제한 약으로 사람들을 현혹하는 것인지는 알 수 없었다.

떠돌이 약장수. 비록 엉터리 약으로 가난한 촌부들의 푼돈을 탐냈다는 손가락질을 받기도 했지만, 무작정 돌을 던질 수만은 없는 그 시대의 아이콘이었다. 따지고 보면 그들의 남루한 삶 역시 우리네 자화상 중 하나였을 테니까.

시골 5일장을 돌아다니다 보면 약장수는 사라졌지만 그 흔적을 볼 수 있습니다. 얼굴에 주름이 가득한 노인이 한쪽 구석에서 지네가루를 캡슐에 넣어 판다든가, 갖가지 약재를 조금씩 놓고 팔기도 합니다. 물론 옛날처럼 떠들썩하게 홍보하는 재미는 없지요. 또 없는 걸 있다고 해서 사람들을 '현혹'하는 것도 아닌 것 같고요. 그렇게 민간처방 약재를 파는 사람들은 아직도 5일장을 순회한다고 합니다. 오늘은 무슨 장, 내일은 무슨 장……. 장마당을 떠도는 건 먹고사는 문제 이전에 팔자라고도 할 수 있습니다. 일종의 역마살이라고나 할까요. 평생을 그렇게 살아온 이들이 어느 날 장에 가지 못하고 드러누우면 그 길로 못 일어나는 경우가 많다고 합니다. 장에는 장꾼이 있어야 합니다. 장을 떠도는 그분들이 오랫동안 건강하게 우리 곁에 있어주기를 빌어봅니다.

아이스케키
달콤하던 맛도 속절없이 녹아버리고

아~이스께끼~ 얼음~과자!!! 께~끼나 하아드~

구성진 목소리가 마을을 한 바퀴 돌아 탱자나무 울타리를 넘으면 아이들 엉덩이가 들썩들썩합니다.

부엌의 '미원'을 설탕인 줄 알고 몰래 먹다 퉤퉤 내뱉던 시절, 아이스케키야말로 엿과 함께 최고의 군것질거리였으니까요.

아이스케키는 양철통의 동그란 구멍에 사카린 탄 물을 붓고 막대를 꽂아서 얼린 것입니다.

케키장수는 궁벽한 시골동네에도 곧잘 나타났는데, 그럴 때마다 아이들의 침 넘기는 소리가 장마철 도랑물 흐르듯 했습니다.

하지만 아무리 사달라고 졸라도 어른들은 담배만 뻑뻑 빨아댈 뿐이었습니다.

결국 아이들은 시큼한 개복숭아나 깨물며, 그 달콤한 맛을 향한 열망을 달래고는

218

했지요.

그러다 어른들 마음이 바뀌어 감춰뒀던 대두병이나 뚫어진 양은솥, 더 이상 때우기 힘들어진 헌 고무신이라도 꺼내주면 그날이 잔칫날이었지요.

펄펄 뛰며 나를 듯 케키장수에게 가지고 가면 눈대중으로 가격을 가늠합니다.

'제발 비싸게 쳐주기를…….'

아이들은 기도하는 심정이 되어 기다립니다.

헌 고무신 따위의 값을 매기는 거야 엿장수나 케키장수 맘이지 어디 정해진 잣대가 있나요.

드디어 파란 통이 열리고 한두 개, 혹은 서너 개의 케키가 손에 쥐어지면 아이들은 끝내 부르르 진저리를 치고 맙니다.

케키를 받아들었을 때의 행복이란…… 입에 넣을 때의 그 달콤함이란…….

혹시 깨물릴세라 아끼면서 조금씩 빨아먹지만, 어찌 그리 빨리 줄어드는지.

아이스케키장수라고 해서 모두 빈병이나 헌 고무신을 받아줬던 건 아닙니다.

리어카에 커다란 케키통을 싣고 다니는 이만 그런 것들과 케키를 교환해줬습니다.

마늘 같은 농산물은 물론이고 양은이나 양철 같은 금속류도 '환영'이었지요.

어떤 아이는 케키에 눈이 멀어, 담벼락에 걸어놓은 마늘을 훔치기도 했습니다.

또 어떤 아이는 선반 위에 올려놓은 아버지의 외출용 흰 고무신을 몰래 들고나가 케키와 바꿔 먹기도 했습니다.

물론 그날 저녁 그 아이들이 무사할 리는 없지요.

멜빵이 달린 파란색의 케키통을 자전거에 싣거나 어깨에 메고 다니는 이들은 현금만 받았습니다.

짐이 될 것을 받아봐야 운반수단이 없으니 소용없지요.

읍내에 가면 아이스케키 공장이 있었습니다.

얼음 얼리는 시설을 갖춰놓고 지하수에 사카린을 섞어 아이스케키를 만들었습니다.

대개 '○○당'이라는 간판이 붙어 있었지요.

아이스케키란 이름은 물론 아이스케이크에서 나왔을 것입니다.

방학이 되면 아이스케키장수로 직접 나서는 용감한 아이들도 있었습니다.

가난한 집 아들 종택이는 돈을 벌어보겠다고, 알부자로 소문난 집 아들 순구는 아이케키를 실컷 먹어보겠다고 읍내 공장을 찾아갔습니다.

진미당 박종덕 사장은 처음엔 고개를 쌀래쌀래 흔들었다지요.

"너희들은 너무 어려서 안 돼!"

하지만 바짓가랑이를 잡고 매달리는 아이들의 등쌀에, 에라! 한 번 밑지지 두 번 밑지겠냐? 하면서 통을 내주고 말았답니다.

하지만 장사가 그리 만만할 리 있겠습니까?

숫기라고는 약에 쓸래도 없는 종택이는 아이스께끼~! 소리 한번 제대로 못 지르고 마냥 돌아다니다 보니 어느새 다 녹아버렸더랍니다.

기어드는 목소리로 아이스께끼~ 얼음과자~ 할라치면 개구쟁이들이 따라다니며 아이새끼~ 어른과자~ 놀리는 통에 더욱 기가 죽었다는 거지요.

냉장시설이 변변찮던 시절, 개별포장이 안 된 아이스케키는 쉽게 녹아버리고는 했습니다.

그나마 순구는 '본전치기'는 했답니다.

일찌감치 장사를 포기하고, 친구 몇 명 불러 저희들 입에 공평하게 팔아버렸으니까요.

그 소식을 듣고 화가 머리끝까지 오른 순구아버지, 아들을 비 오는 날 먼지 날만큼 두드려 패더니, 진미당을 찾아가 한바탕 멱살잡이를 한 다음 아이스케키 값을 물어주고 돌아왔답니다.

순구는 제 아비한테 맞은 게 문제가 아니라 배탈이 나서 몇 날 끙끙 앓았고요.

그렇게 아이들의 혼을 홀딱 빼놓던 아이스케키도 세월 앞에서는 속절없이 녹아 버렸습니다.

대기업들의 달콤하고 부드러운 아이스크림을 시골 공장의 사카린 케키가 당해낼 수야 있나요.

공장들은 하나 둘 문을 닫고 말았습니다.

그런데 요즘 그 아이스케키장수가 부활하고 있습니다.

지난여름 청계천을 걷다가 아이스께끼~ 하는 소리에 깜짝 놀라 돌아봤습니다.

경제가 어려워지면 복고 콘텐츠가 유행을 탄다더니 아이스케키 역시 추억의 상품으로 돌아온 것이었습니다.

제품 자체나 맛이야 옛날의 그것은 아니겠지만, 아이스케키란 이름을 내걸었으니 눈길이 갈 수밖에 없었지요.

중년의 아저씨, 아줌마들이 추억이 버무려진 웃음을 키득키득 흘리면서 하나씩 입에 무는 걸 보면서도 차마 손을 내밀지는 못했습니다.

혹시, 아직도 달콤하게 입속을 맴도는 그 옛날의 아이스케키 맛에 원치 않는 덧칠이라도 할까 봐……

나이가 들수록 희망보다는 추억을 먹고 살아야 할 테니까요.

엿장수
철컥 철컥 철철철~ 신나던 가위 소리

어른들은 그를 '팔도'라고 불렀다. 부모로부터 받은 이름이 그랬는지 팔도를 누비고 다닌다고 해서 그렇게 불렀는지는 확인할 수 없었다. 철컥 철컥 철철철~ 엿가위 소리가 동구 밖에서 들려오면 어른들이 "팔도 오는구면." 하는지라 아이들도 자연스럽게 팔도아저씨라 부르곤 했다.

팔도아저씨는 엿장수였다. 언짢은 일이 생겨도 얼굴을 떠나지 않는 웃음 때문인지는 모르지만 조금 모자라 보인다는 말을 듣기도 했다. 어디서 사는지 아무도 몰랐다. 다니지 않는 곳이 없다고 했다. 언제부터 마을에 드나들었는지도 알 수 없었다. 어떤 이는 아들 하나 딸린 홀아비라고 했고, 어떤 이는 몇 해 전 크게 물난리가 났을 때 가족을 모두 잃었다고도 했다. 하지만 그가 자신의 이야기를 하는 걸 본 사람은 없었다.

팔도아저씨가 엿목판이 얹힌 고물 리어카를 끌고 나타나면 마을 전체가 활기를 띠었다. 아이들은 고물부터 찾아 헤맸다. 마루 밑을 뒤지고 장독대를 돌아보고 담장 밑을 뛰어다녔다. 하지만 그날이 그날인 농촌살림에 고물이라고 하늘에서 뚝뚝 떨어질 리 있을까. 고물 중에 값나가는 양은솥이나 헌 고무신 같은 것은 그야말로 너덜너덜 해질 때까지 때우고 또 때워서 쓰는 판이니 아이들 손에까지 넘어가는 데는 부지하세월이었다. 그나마 만만한 게 빈병이나 고철 따위였지만 그조차도 약에 쓰려는 개똥마냥 찾으면 없었다. 부지런한 아이들은 평소에 그런 것들을 모아뒀다가 팔도아저씨가 나타나면 으쓱거리며 내가고는 했다.

팔도아저씨의 리어카에 실리는 물건은 별의별 것이 다 있었다. 놋쇠요강·무쇠솥·화로·놋그릇·쟁기보습·전선·비료포대·돼지털까지……. 곡물이나 마늘 같은 것도 대환영이었다. 팔도아저씨를 반기는 건 아이들뿐이 아니었다. 어른들도 가위 소리가 들리면 모아뒀던 고물을 꺼내들었다. 리어카에는 엿 외에도 빨래비누나 성냥 등을 싣고 다니기 때문에 교환이 가능했다. 쪽머리를 한 할머니들은 머리빗을 때 머리카락을 모았다 엿으로 바꿔 손자들을 먹이기도 했다.

팔도아저씨의 엿가위 소리는 경쾌하면서도 구성졌다. 철철철~ 철컥 철컥……. 듣는 이의 어깨가 절로 들썩일 정도였다. 기분이 좋아지면 덩실덩실 춤사위를 섞어 엿타령을 부르기도 했다. 가끔 각설이타령이 섞여 돌아가는 엉터리였지만 그걸 두고 통박하는 이는 없었다. 엿은 두 가지였다. 하얗게 분칠한 가락엿과 통째로 가져온 판엿. 판엿은 엿가위와 끌을 이용해서 그때그때 끊어주었다. 가져온 물건에 따라 양이 많아지기도 하고 적어지기도 했다.

아이들의 관심은 조금이라도 엿을 더 얻는 것이었다. 하지만 팔도아저씨의 솜씨

는 빈틈이 없었다. 끝을 판엿에 대고 가위로 툭툭 치면 병 하나만큼, 헌 고무신만큼 정확하게 끊어져 나왔다. 그러나 아이들의 눈에는 항상 자신의 것이 적어보이게 마련이었다. 보통은 엿을 들고 다른 아이들에게 빼앗길세라 줄행랑을 놓게 마련이지만, 어떤 녀석들은 엿처럼 눌어붙어서 생떼를 부렸다. "조금 더 줘요. 저번보다 훨씬 적어요." 그러면 팔도아저씨는 쉬이~ 쉬이~ 다른 아이들 눈치를 보면서 조금 더 떼어주고는 껄껄 웃었다.

먹을거리가 흔치 않던 시절 군것질거리가 따로 있을 리 없었다. 고구마나 감자가 아니면 누구네 잔치라도 해야 떡고물이라도 얻어먹는 판이었으니, 집나간 누이 돌아온 듯 엿장수가 반가울 수밖에. 게다가 엿이 아니면 단맛을 보기가 쉽지 않았다. 팔도아저씨로부터 받은 엿을 입에 넣으면 그보다 행복한 순간이 있으랴. 조금 큰 아이들이나 마을 청년들은 엿치기를 했다. 가락엿을 하나씩 골라들고 동시에 두 동강을 내서 안에 숭숭 뚫린 구멍이 가장 큰 사람이 1등을 하는 놀이였다. 물론 맨 꼴찌를 한 사람이 엿 값을 물어야 했다. 어느 땐 노름처럼 되어 엿 한판을 털어먹는 일도 없지 않았다.

돈도 모아둔 고물도 없지만, 엿을 먹고 싶은 욕망이 머리 꼭대기까지 올라선 아이들은 가끔 일을 저지르기도 했다. 어른들이 집을 비운 사이 몰래 곡식을 퍼내기도 하고 아직은 쓸만한 냄비나 기름이 남아 있는 병을 비워서 들고 나갔다. 하지만 팔도아저씨의 눈은 귀신이라도 붙은 듯 정확했다. 아무리 어른이 심부름을 보냈다고 우겨도, 한눈에 척 알아보고 혼쭐을 내서 돌려보냈다. 그렇게 하지 않을 경우엔 그 동네에 발을 붙이기 어려웠다. 그러지 않아도 별 일을 다 당하는 판이었다. 어떤 이들은 "저번에 우리 애가 멀쩡한 솥단지를 훔쳐다가 엿을 바꿔 먹었으니 도로 내놓으라."고 강짜를 부리는 경우도 있었다. 팔도아저씨가 아무리 눈 밝고 조심한다고는 하지만 모두 구별할 방법이야 있을까.

엿장수의 애환은 그뿐 아니었다. 엿목판을 다 비우는 날이면 다행이지만 유난히 팔리지 않아 너무 멀리 가버린 날은 집으로 돌아가기 어려웠다. 그럴 땐 남의 사랑방에 들어 머슴들 틈에 끼어 잘 수밖에 없었다. 그런 날은 사랑방에 엿 잔치가 벌어지고는 했다. 그나마도 여의치 않을 땐 남의 헛간에 들어 이슬을 피하고 다음날 또 장삿길에 나섰다.

그날 일어난 사건은 사전에 모의된 것은 아니었다. 마을 악동들의 우두머리인 병구의 심술과 장난기가 만들어 낸 우발적 사건이었다. 병구는 그날따라 독 오른 뱀처럼 잔뜩 약이 올라 있었다. 팔도아저씨의 엿가위 소리가 마을 입구에 들어설 때부터 집안을 샅샅이 뒤졌지만 빈병은커녕 병뚜껑 하나도 찾아낼 수 없었다. 녀석은 하는 수없이 팔도아저씨가 전을 편 용득이네 마당으로 터벅터벅 내려갔다. 하지만 거기라고 기다려주는 사람이 있을 리 없었다. 엿을 산 아이들은 빼앗기기라도 할까봐 집으로 달리기 바빴다.

그 꼴을 본 병구는 기분이 확 상하고 말았다. 리어카 주변에는 병구와 비슷한 처지의 아이들 몇몇이 침을 흘리며 서 있었다. 돈은커녕 깨진 사금파리 하나도 없는 녀석들이었다. 병구는 그들을 불러 모았다. "너희들 엿 먹고 싶지?" 아이들은 무슨 지당한 말씀을 그리 애써서 하느냐는 듯 고개를 끄떡거렸다. "시키는 대로만 하면

228

엿 실컷 먹게 해줄게." 병구의 제안은 엿판을 통째로 털자는 것이었다. 녀석은 팔도
아저씨의 습관을 잘 알고 있었다. 장사가 잘 된 날은 동네의 맨 끝집 덕구씨네 뒷간
에 들러 볼일을 보고 가는 버릇. 혁명을 하자고 해도 따라나설 만큼 엿이 먹고 싶었
던 아이들은 군말 없이 마음을 합쳤다.

　병구와 아이들은 웃말쪽으로 가는 팔도아저씨의 뒤를 몰래 따랐다. 팔도아저씨
는 철컥 철컥 가위질을 하면서 리어카를 끌고 갈 뿐 조금도 경계하는 기색이 없었
다. 예상은 빗나가지 않았다. 덕구씨네 집 바깥마당에 리어카를 세운 그가 괴춤을

잡고 뒷간으로 들어갔다. 병구의 신호가 떨어지기도 전에 아이들이 잽싸게 엿목판을 덮쳤다. 솔개가 병아리를 채듯 저마다 엿을 한 주먹씩 호주머니에 넣고 또 양손에 가득 들고 냅다 내뺐다. 잠시 뒤, 시원한 표정으로 뒷간에서 나온 팔도아저씨의 눈앞에는 텅 빈 엿목판만 가루를 날리고 있었다.

그날 그는 오랫동안 넋 나간 표정으로 산모롱이에 앉아있었다. 엿을 찾으러 갈 생각 따위는 아예 없는 것 같았다. 그가 세상을 잃은 듯 힘없는 걸음걸이로 마을을 벗어날 땐 천지가 어둠 속에 가라앉은 뒤였다. 개나 한두 번 컹컹 짖어댈 뿐 사위는 쥐죽은 듯 고요했다. 그 뒤 팔도아저씨는 마을에 나타나지 않았다. 나중에 아이들이 저지른 사단을 알게 된 어른들이 엿 값을 갚아주려고 여기저기 수소문했지만 그의 그림자나마 보았다는 사람은 아무도 없었다.

싸구려 허 어 허 허
굵은 엿이란다
정말 싸구나 파는 엿

맛좋고 빛좋고 색깔좋고
사월 남풍에 꾀꼬리빛 같고
동지섣달 설한풍에
백설같이도 희얀 엿
싸구려 허 어 허 허

굵은 엿이란다

(후략)

그 신명나고 구성지던 엿타령도 다시 들을 수 없었다.

성냥공장
공장문은 녹슬고 야적장엔 잡초만

청년 시절 잠시 머물렀던 P읍에는 성냥공장이 하나 있었다. 학교 운동장만큼 넓은 야적장에는 아름드리 미루나무들이 산더미처럼 쌓여있었고, 아침에는 여공(女工)들이 씩씩하거나 혹은 지친 걸음걸이로 공장 문을 들어섰다. 출근행렬이 얼마나 장엄했던지 읍에 사는 처녀 모두가 그 공장에 다니는 게 아닐까 하는 생각이 들고는 했다. 청년들이 위악적인 목소리로 '인천의 성냥공장/성냥공장 아가씨……' 어쩌고 하는 노래를 부르면서 음습한 골목을 싸돌아다니던 시절이었다.

그 당시 성냥공장들은 최고의 호황을 누렸다. 물건을 만들면 날개 돋친 듯 팔려나갔다. 유엔 · 아리랑 · 향로 · 기린표 · 새표 · 복표 · 야자수 · 대한 · 비사표 · 제비표 · 두꺼비표 · 토끼표……. 상표도 많았고 공장도 많았다. 하지만 꽃피는 날은 허무할 정도로 짧았다. 그로부터 불과 수십 년이 지난 지금, 이 나라에서 성냥공장을 찾기란 하늘의 별따기만큼 어려워졌다. 대체 무슨 일이 일어난 걸까. 굳이 시초를 따지

자면 1980년대 후반부터였을 것이다. 집집마다 전기밥솥·가스레인지 같은 현대식 취사도구가 들어서고, 일회용 라이터가 애연가들의 호주머니를 점령하면서부터 성냥은 군더더기 같은 존재가 되고 말았다. 어느 날부터인가 공장 문이 녹슬어가고 야적장에 잡초만 무성하더니, 결국 흔적조차 찾아볼 수 없게 되었다.

"어지간하면 인터뷰 같은 거 안 하려고 합니다. TV나 신문에 여러 번 나갔지만 별 도움이 되는 것도 아니고……."

경북 의성군 의성읍 도동리 769번지. 그곳에 '마지막 성냥공장'이라는 비장한 수식어가 붙은 성광성냥이 있다. 손진국(73세) 사장은 지친 표정이었다. 사람만 그런 게 아니었다. 들어가는 길에 만난 야적장도, 오랫동안 손을 못 본 듯한 공장건물도 쇠락의 기운이 역력했다.

"힘들게 꾸려나가고 있습니다. 광고용 주문생산으로 견뎠는데 그나마 자꾸 줄고 있어서. 일하는 사람을 줄여놓았으니 주문이 많아져도 걱정이고. 단 하나 남은 성냥공장이 보존될 수 있도록 나라에서 신경 좀 써주면 좋을 텐데……."

한탄 같은 그의 소망이 묵직하게 가슴에 얹혔다. 손 사장은 7년 전쯤에 대부분의 일을 아들인 손학익 상무(44세)에게 맡기고 일선에서 물러나 있다.

"하도 어려워서 문을 닫으려고 했어요. 그런데 아들이 한번 해보겠다고 해서……."

물러나 있다고는 하지만 기울어가는 공장 때문에 단 하루도 마음이 편치 않은 것 같았다.

"정부에 무조건 도와달라는 건 아니고요. 문화재로 지정해서 건물을 보수하고 기계를 보존할 수 있도록 해주든지, 아니면 체험관을 만들어서 학생들이 견학할 수 있게라도 해주면……. 요즘 애들이 성냥이 어떻게 만들어지는지 알겠습니까?"

체험관을 만들자는 손 사장의 제안에 귀를 기울여볼 필요가 있을 것 같다. 불이야말로 인류의 생존과 진화의 핵심 화두가 아니었던가. 이 땅에서도 여자들의 가장 큰 숙제는 불씨를 보관하는 일이었다. 오죽하면 불씨를 간수하지 못해 쫓겨난 며느리가 있었을까. 그런 고통에서 벗어나게 해준 게 바로 성냥이었다는 사실 정도는 기억할 수 있도록 해야 할 것이다.

이 땅에 성냥이 처음 들어온 건 1880년대였다. 하지만 일반 백성들은 1917년 일본인들이 인천에 세운 '조선인촌(朝鮮燐寸)'에서 성냥을 대량생산하면서부터 혜택을 볼 수 있었다. 성냥의 등장은 생활의 혁명이었다. 몇십 년 전까지만 해도 등잔 밑이나 부뚜막 위에 없어서는 안 될 게 성냥이었다. 혹시 젖지나 않을까 신주단지 모시듯 애지중지했다.

그러니 성냥을 만드는 공장 하나쯤은 보존해서 후세에 전해주는 것이야말로 꼭 필요한 게 아닐지. 더구나 문외한이 봐도 성광성냥은 보존가치가 충분했다. 성냥을 만드는 풀 라인이 갖춰져 있기 때문이다. 원목을 잘라 성냥개비를 만든 뒤 붉은 황과 산화제 등을 바르는 윤전은 물론, 통에 담는 입갑(入匣), 선별과 포장에 이르는 모든 과정이 문제없이 돌아가고 있었다. 조금만 수리하고 재정비하면 체험관으로 쓰는 데 아무 문제가 없을 것처럼 보였다.

성광성냥이 문을 연 것은 1954년 2월 8일이었다. 휴전 후 복구 작업이 한창일 무

렵이었다. 손 사장은 열여덟 살이 되던 해 창립사원으로 입사했다.

"정신없이 바빴어요. 공장에서 자면서 아침에 일할 준비하고 불 피우고……. 그때 세 분이 공동출자해서 공장을 설립했는데 그분들이 저를 무척 예쁘게 봤지요."

그는 물불 안 가리고 일을 했다고 한다. 덕분에 창업자들의 눈에 들어 훗날 주주가 될 수 있었고, 그들이 하나 둘 세상을 뜨면서 회사를 인수까지 하게 되었다. 하지만 경제적 측면으로는 상투를 잡은 셈이었다. 최종 인수를 했을 때는 이미 성냥산업이 사양길로 접어든 뒤였다. 그는 지금도 공장이 젊은 종업원으로 들끓던 시절을 생각하면 행복하다고 한다. 한창 호황을 누리던 시절에는 직원이 200명이나 되었다. 게다가 성광성냥에서 만든 '향로성냥'은 경상도와 강원도 해안지역에서 알아주는 명품이었다.

"우리 성냥이 아래로는 부산 영덕에서 위로는 강원도 고성까지 바닷가라면 안 간데가 없었습니다. 바다 근처는 염분이나 습기가 많아서 성냥이 금방 눅눅해지는데, 향로성냥은 그런 일이 없었거든요."

화려했던 날을 반추하는 손 사장의 얼굴에 쓸쓸한 미소가 어렸다. 그의 안내로 공장을 한 바퀴 돌았다.

"저 아래 보이지요? 공장이 잘 될 때는 저기까지 원목이 쌓여 있었습니다."

손 사장의 손가락 끝에는 가건물만 쓸쓸히 늙어가고 있었다. 공장 입구에는 한 직원이 작두칼 같은 걸로 짧게 잘라낸 통나무의 껍질을 벗기고 있었다. 껍질을 벗긴 나무를 일정한 두께로 두루마리처럼 벗겨내는 게 첫 공정이었다. 그 다음 두루마리들을 갖추려 기계에 넣으니 반대편 출구에서 '머리 없는' 성냥개비들이 우박처럼 쏟아져 내렸다. 작업하는 이들은 대부분 나이 지긋한 아주머니들이었다. 그 옛날에 성냥공장으로 끝없이 들어가던 아가씨들은 모두 어디로 갔는지…….

공장이나 시설은 예상보다 규모가 컸다. 조그만 작업장에서 종업원 몇 명이 성냥개비에 황을 묻히고 갑에 집어넣는 작업을 할지도 모른다는 상상은 여지없이 깨져 버렸다. 손 사장이 앞서가면서 기계마다 용도를 설명해줬지만, 어찌나 빠른지 쫓아다니기도 버거웠다. 기계들은 거의 서 있는 상태였다. 마지막 공정에서 다시 작업에 분주한 아주머니들을 만났다. 윤전이나 갑에 넣는 과정은 대부분 자동으로 처리되고 선별이나 포장 등을 수작업으로 하는 모양이었다.

'○○모텔'이라는 상호가 찍힌 성냥이 눈에 많이 띄었다. 주 수요처가 그런 곳이라는 뜻이리라. 요즘도 사찰 같은 곳에서 통성냥을 쓰긴 하지만, 대부분의 매출은 광고업자들이 주문하는 홍보용 성냥에 의존한다고 한다.

"1년 매출이 2억 5,000만 원쯤 됩니다. 10년 전에 비해 정확하게 10분의 1로 줄어들었지요."

혼자 계산해 봤다. 연매출이 2억 5,000만 원이면 한 달에 2,000만 원 남짓이라는 것인데 종업원 10명의 임금을 주고 공장 가동비를 빼면……. 얼핏 생각해도 한숨이 저절로 나올 수밖에 없는 액수다. 그러니 화려했던 날들이 그리울 수밖에. 손진국 사장의 이야기는 되돌이표를 달고 자꾸 지난 시절로 돌아갔다.

"업자들끼리 그런 말을 하고는 했지요. 성냥 큰 통에 보통 750개비가 들어가거든요. 그런데 서울에서 정전 한번 되었다 하면 3만 통이 소비됐다고……."

이 나라의 마지막 성냥공장 성광성냥, 시간의 왕성한 식욕에 빠르게 풍화돼가는 그곳을 나서면서 못내 마음이 편치 않았다. "성냥이 다시 팔릴 날을 기다리는 게 아니라, 이마저도 문을 닫으면 성냥이 어떻게 만들어지는지 보여줄 수 없을 것 같아서 붙들고 있다."는 손 사장의 말이 끊이지 않고 귓전을 맴돌았다.

활판인쇄
질박한 멋과 따뜻한 느낌의 활자들

양복에 넥타이까지 갖춰 입은 그의 차림은 뜻밖이었다. 하지만 겉모습의 변화만으로는 감추기 어려운 간난(艱難)의 티가 눈에 들어오는 순간 안도의 한숨이 나왔다. 솔기가 금방이라도 터질 듯 낡은 양복과 오래 전 유행이 지난 넥타이……. 그래서였을까? 조명 침침한 '옛날식 다방'에서 만나자고 한 게. 세월은 불가사리라도 잡아먹을 듯 위세 좋게 달리지만 사람의 습관까지 바꾸기에는 역부족인 모양이었다. 타인의 시선으로부터 손가락을 감추려는 본능은 여전히 남아있는 듯, 그는 계속 손을 꼼지락거렸다. 조판공(組版工)들의 버릇이었다. 인쇄 잉크가 독하다 한들 20년 가까운 세월을 손가락에서 버틸까. 전에 그가 말한 적이 있었다.

"아무리 씻어도 안 지워져. 선배들 보니까, 일 그만두고 몇 년이 지나도 잉크가 지문에 배어 있더라니까."

그때 나는 애송이 편집기자였고 그는 실력을 인정받은 조판공이었다. 조판공들

의 위세가 대단해서 풋내기 기자 정도는 우습게 보던 시절이었다. 나이도 그가 예닐 곱이나 많았다. 그런 조건들로 보면 어울리기 어려운 사이였는데도, 그와 난 꽤 가깝게 지냈다. 그의 지식수준은 의외로 넓고 깊었다. 일이 끝나고 어쩌다 돼지껍데기(납을 만지는 사람들이 좋아했다)집에서 소주라도 한 잔 할 때, 호주머니의 송곳처럼 감춰도 튀어나오는 그의 박식함에 명색이 기자라는 나도 놀라고는 했다.

조판공들의 기세가 좋았다고는 해도, 활판인쇄 시대가 이미 막을 내리던 무렵이었다. 신문사들도 앞다퉈 납활자를 추방하고 있었다. 그런 시대의 검은 그림자가 그를 항상 우울하게 했다. 그 무렵에 우린 헤어졌다. 아니, 세월에 등을 떠밀려 각자의 길을 갔다. 그게 끝이었다. 한 공간이라는 조건 때문에 형성된 유대 외에 두 사람을 묶을 수 있는 끈은 없었다.

그랬던 그와 내가 스무 해 가까운 세월을 건너 마주 앉은 것이었다. 신문사에서

밀려난 뒤 한참은 인쇄골목을 전전했다고 했다. 하지만 그곳에서도 활판인쇄는 이미 '퇴물'이었다. 그때부터 그의 삶은 부평초처럼 뿌리를 내리지 못했다. 그는 여전히 신문사 밥을 먹고 있는 내 소식을 종종 들었다고 고백하듯 말했다.

이야기가 비교적 원활하게 이어진 건 거기까지였다. 시간이 지나면서 대화의 간극이 커지기 시작했다. 그도 그걸 느꼈는지 조심스럽게 찾아온 사연을 꺼냈다. 하나 있던 딸을 시집보낸 뒤 아내가 병석에 누웠다는 것이었다. 밥이야 어떻게라도 먹고 살겠지만, 병원비를 댈 일이 막막해져서 전에 알던 출판사 사장의 배려(?)로 책을 팔러 다닌다는 것이었다. "염치없는 짓인 줄 알지만 아는 사람이 없어서……." 그는 온몸으로 미안해했다. '조판공 출신이 책장사를?' 하는 생각보다 '아직도 월부책이?' 하는 생각이 앞질렀다. 구매카드에 사인을 한 뒤 급한 일 때문에 먼저 나오다가 잠깐 뒤를 돌아보았다. 침침한 조명 아래 활판인쇄의 종말을 말없이 증언하는 초로의 사내가 초점 없는 눈으로 앉아있었다. 꽤 여러 해 전에 있었던 일이다.

그 뒤로 한동안 활판인쇄나 조판공이란 단어를 떠올릴 계기는 없었다. 하지만 인연의 끈은 늘 보이지 않는 곳까지 연결돼 있는 법이다. '사라져 가는 것들'을 찾아다니는 내게, 활판인쇄소를 찾아보라고 권유하는 사람이 있었다. 아! 왜 내가 그 생각을 못했을까. 이리저리 수소문한 끝에 파주 출판단지에 그런 인쇄소가 있다는 걸 확인할 수 있었다. 지인으로부터 추천 받은 분이, 마지막 활판인쇄소 '출판도시 활판공방'의 박건한 편집주간이었다. 박 주간은 출판인이기도 하지만 1977년에 시집 〈우리나라 사과〉를 낸 중견시인이다. 방문약속을 하고 출판단지로 향하면서도 미심

쩍은 생각이 안 드는 건 아니었다. 설마, 그냥 전시수준이겠지. 옛날처럼 실제로 문선·조판을 하고 지형 뜨고 연판 만들어 인쇄까지 하랴 하는 생각이었다. 그리고 그런 일을 할 만한 사람들이 남아있다는 사실도 믿기 어려웠다.

하지만 그건 말 그대로 기우였다. 활판공방을 들어서자마자 전과 똑같은 시설에서(환경은 많이 깨끗해졌지만) 똑같은 모습으로 일하는 걸 보고, 타임머신을 타고 과거로 돌아간 게 아닌가 싶은 생각까지 들었다. 국내에서 유일하게 납 활자 공정으로 책을 찍어내는 인쇄소 겸 출판사 '출판도시 활판공방'은 시월(十月)출판사 박한수 대표와 박건한 시인 등이 합심해서 2007년 11월 문을 열었다. 8년간의 준비 끝이었다고 한다.

박건한 주간은 열정이 넘쳤다. 밝으면서도 거침이 없는 분이었다. '사라져 가는 것들'을 쫓아다니고 있다는 소개에 대뜸 "미쳤다."고 껄껄 웃었다.

"당신이나 나나 미친놈들인 게야. 누가 알아준다고 돈도 안 되는 짓을……."

그 '미친놈'이라는 한마디가 늙은 시인과 늙어가는 기자를 대뜸 하나로 묶었다.

"전기밥솥으로 밥을 지으면 오래 걸리지도 않고 편하잖아……. 그런데 가마솥 밥은 보통 힘든 게 아니란 말이야. 내내 불을 때며 지켜봐야 하고. 또 지을 때마다 밥맛이 달라. 불을 어떻게 조절하느냐, 누가 지었느냐에 따라서 말이지. 그런데 가마솥으로 한 밥은 남다른 맛이 있거든. 활판인쇄가 바로 그 가마솥 같은 거야. 힘들고 번잡하지만 뭔가 자기만의 맛이 있는……."

그의 활판인쇄에 대한 지론은 분명했다. 그 지론이 이미 세상과 작별했던 명품을 되살려낸 것이겠지만.

"1980년대 초에 디지털인쇄가 들어오면서 활판인쇄는 된서리를 맞았지. 이젠 충무로 바닥에도 없어. 이거 다시 하겠다고 여기저기 돌아다니며 기계 찾고 사람 모으고…… 고생 좀 했지. 지금 다섯 사람이 일하고 있는데 전부 60~70대 노인들이야. 저 양반들 떠나가면 할 사람이 없는 거지. 요즘 세상에 누가 이런 일 배우려고 하나?"

활판인쇄란 글자가 요철(凹凸)로 새겨진 활자 위에 종이를 눌러 글씨를 찍어내는 인쇄기법이다. 디지털인쇄가 등장하기 전에는 인쇄의 적자(嫡子)였다. 박 주간의 안내로 인쇄과정 견학에 나섰다. 공장에 들어서자마자 오랫동안 잊고 살았던 그 무엇이 와락 가슴으로 안겨들었다. 아, 그래. 이 냄새였어. 내 젊은 날의 어느 부분은 이 냄새로 채워지기도 했지. 비릿하다고 할까? 그렇다고 역하지도 않은 잉크냄새.

246

맨 먼저 주조기가 눈에 들어왔다. 주조는 인쇄가 끝난 납을 녹여 다시 활자를 만드는 과정이다. 그 앞으로 활자선반이 길게 늘어서 있었다. 노인 한분이 문선(채자=원고에 따라 활자를 골라내는 일)을 하고 있었다. 문선이야말로 고도의 숙련이 필요하다. 능숙한 문선공은 활자를 거의 기계적으로 찾아낸다. 이렇게 고른 활자를 가지고 '판'을 짜는 걸 조판(식자)이라고 한다. 조판 뒤에는 일반적으로 지형(종이로 된 활자판 모형)을 뜨고 이 지형으로 연판(활판의 복제판)을 만들어 인쇄기에 건다.

하지만 활판공방에서는 지형과 연판 과정 없이 원판을 그대로 걸어 인쇄한다. 그리고 딱 1,000부만 찍어내고 판을 해체한다. 그 이후에는 똑같은 책을 찍고 싶어도 못 찍는다. 말 그대로 한정판이 되는 것이다. 인쇄물이 나온 뒤 접지와 제본을 마치면 책 한 권이 탄생한다.

이런 과정을 거쳐 만든 책들은 한 권 한 권이 명품이다. 2008년 7월부터 '활판공방 시인 100선' 시리즈(10년 동안 한국 대표시인 100명의 시집을 출간한다는 계획. 2008년 말 현재 5권 발간)를 내고 있는데 책마다 고유번호가 찍혀있다. 이 시집을 소장한 사람은 세상에

단 한 권뿐인 시집을 갖는 것이다. 이런 과정으로 책을 만들기 위해서는 제작비가 많이 든다. 책값도 비쌀 수밖에 없다. 시집 한 권에 5만원. 하지만 돈으로 환산할 수 없는 혼이 그 안에 담겨 있다는 걸 알기 때문에 불만을 갖는 사람은 없다. 오히려 보물이라도 얻은 듯 좋아한다.

인쇄는 특수제작한 한지에 한다. 활판인쇄의 맛을 제대로 살리기 위해서다. 한지는 견고해서 보존성이 뛰어나다. 한지를 두 겹으로 접어 제본을 하다 보니 책 두께가 일반 시집의 두 배다. 일반 인쇄는 시간이 지나면 잉크가 날아가서 글씨가 흐려지지만, 한지에 잉크가 스며드는 활판인쇄는 500년 이상을 보존할 수 있다고 한다. 책을 펼쳐보면 글자마다 독특한 요철감을 느낄 수 있다. 박 주간의 말대로 "아스팔트가 아닌 자갈길" 같은 느낌이다.

인쇄의 전 과정을 수작업으로 한다는 건 시간이나 드는 품으로 볼 때 '미련한

짓'이지만 그 '미련한 사람'들의 얼굴에는 자부심이 가득했다. 장인들만 가질 수 있는 성성한 기운이 강처럼 흐르고 있었다.

이 땅에 근대식 인쇄가 도입된 것은 1883년(고종 20년) 정부가 인쇄기계와 납활자를 수입하고 박문국(博文局)을 설치한 것이 처음이라고 한다. 그리고 활판인쇄가 사라진 것은 1980년대 초부터였다. 100년의 전성기를 누린 셈이다. 사실 인쇄의 질이나 속도에 있어서 활판인쇄가 디지털인쇄를 따라갈 수는 없다. 그러니 빛의 속도로 달린다는 세상에, 어차피 역사 속으로 묻힐 수밖에 없는 운명이다. 하지만 아무리 좋은 인스턴트식품이 쏟아져 나와도 오래된 된장이나 간장의 깊은 맛을 낼 수는 없다. 질박한 멋과 따뜻한 느낌, 활판인쇄가 우리 곁에서 오래 견뎌주기를 바라는 이유다.

기행수첩

경기도 파주시 교하읍 문발리의 파주출판문화정보산업단지(출판단지)는 견학 삼아서라도 한번 가볼 만합니다. 근처에 있는 헤이리 예술마을처럼 일정한 계획을 세워서 지어놓은 건물들이 이국적 풍경을 연출합니다. 그 자체가 작품이라고 해도 어울릴 만한 건물들이 많습니다. '출판도시 활방공방'도 미리 연락만 하면 둘러보는 데 그리 어렵지 않을 것입니다. 특히 운이 좋아 박건한 편집주간을 만난다면 직접 인쇄소 견학을 시켜달라고 조르십시오. 마음이 아이들처럼 맑고 입담이 구수한 분이라 재미있는 이야기를 많이 해줄 것입니다. 세월에 묻혀 버린 것들을 캐내고 닦아서 보여주는 사람들이야말로 우리가 진정 감사드려야 할 분들입니다.

장제사
말이 있어 그가, 그가 있어 말이

어렴풋한 기억 속에 그 장면이 있다. 대장간 옆 자그마한 공터에는 튼튼한 나무 말뚝이 몇 개 박혀 있었다. 평소에는 텅 비어 있지만, 가끔 그 말뚝의 용도를 확인할 기회가 왔다. 소를 묶어놓고 발굽에 U자 모양의 쇠붙이를 붙이는 작업을 그곳에서 했다. 쟁기질을 하는 일소는 아니었고, '구루마'라 부르던 달구지를 끄는 소가 주로 묶였다. 당시 큰 짐은 대부분 소달구지로 날랐고, 달구지를 끌고 먼 길을 다니는 소의 굽에는 어김없이 쇠붙이가 붙어 있었다. 어른들은 그 쇠붙이를 '징'이라 불렀다. 그것의 진짜 이름이 편자라는 건 훗날에 알았다.* '개발에 편자' 따위의 속담을 배울 무렵이었을 것이다.

편자에 못을 박는 걸 볼 때마다 안타까운 마음에 고개를 돌렸다. '얼마나 아플까…… 동물에게 왜 저런 짓을 하지?' 그게 전부였다. 앨범을 보듯, 어릴 적 추억을 펼칠 때마다 가끔 그때의 광경이 고개를 내밀었지만, 이제는 사라져서 볼 수 없겠거니 생각했을 뿐이었다.

하지만, 편자는 사라진 게 아니었다. 편자와 다시 만날 수 있는 기회가 우연히 생김으로써 확인할 수 있었다. 후배기자들의 취재현장에 동행할 일이 있었다. 그들의 취재 대상이 바로 말의 편자를 갈아주는 곳, 과천 서울경마공원 장제소였다. 살면서 경마장 한번 가본 적 없으니, 말과 편자를 연관 지어 생각할 기회조차 없었다. 수십 년 만에 보는 편자였다. 편자를 다른 말로 하면 '말 신발'이다. 편자를 달아주는 것을 한자로 표현하면 '장제'다. 꾸밀 장(裝)자와 굽 제(蹄)자를 쓴다.

그곳에서 베테랑 장제사 신상경 씨를 만났다. 그는 25년째(2008년 현재) 말에게 신발을 신겨주는 일을 하고 있다. 그를 통해 비로소 '발굽을 깎고 뜨겁게 달궈진 쇠를 대고 못을 치는 것'이 동물학대가 아니라 동물보호라는 것을 알 수 있었다.

"말의 발굽에는 신경이 없어서 전혀 아프지 않습니다. 사람이 손톱이나 발톱을 깎는 것과 마찬가지라고 생각하면 됩니다. 오히려 굽을 다듬지 않거나 편자를 대주지 않으면 말이 제대로 걸을 수 없게 되지요."

장제는 발굽의 마모 방지 외에도 질병 예방과 교정을 위해 반드시 필요하다. 순서는 우선 발굽 상태를 검사하고 기존의 편자를 떼어 낸 다음 발굽이 자란 부분을 깎아내고 줄로 형태를 고른다. 편자를 발굽의 모양에 맞도록 수정하여 붙인 뒤 고정용 못을 박으면 끝이다. 설명은 간단하지만 최소 30분에서 길게는 2시간 정도 걸리는 작업이다. 시간도 시간이지만 잠시도 마음을 놓을 수 없는 긴장의 연속이다. 말

---

* 국립국어연구원 표준국어대사전에 따르면 징은 '신의 가죽 창이나 말굽·쇠굽 따위에 박는 대가리가 크고 넓으며 길이가 짧은 쇠못'을, 편자는 '말굽에 대어 붙이는 U자 모양의 쇳조각'을 말한다.

은 400kg이 넘는 거구지만 겁도 많고 신경이 무척 예민하다.

"말이 움찔하는 순간 비껴 맞아도 골절상입니다. 장제사들 중에 흉터 없는 사람이 없어요. 워낙 위험한 일이다보니 경력 5년이 안 되면 혼자서 작업을 못하게 합니다. 이 일은 자신과의 싸움입니다. 위험하다는 것 말고도 시끄럽지 먼지나지 땀나지…… 왜 이 일을 하는지 회의가 들 때도 많습니다."

말은 그렇게 하지만 그의 눈은 말에 대한 사랑과 일에 대한 긍지로 가득 차 있다.

"동물을 사랑하는 사람만 이 일을 할 수 있습니다. 말에 대한 애착 없이는 어림도 없지요."

장제사가 갖춰야 할 최고의 미덕은 성실이다. 물론 눈썰미와 타고난 솜씨는 기본 요소다. 교육을 마치고 장제사가 되었다고 해도 실력이 떨어지면 의뢰가 안 들어온다. 말에게 편자는 생명만큼이나 중요하기 때문이다. 장제사로 입문해서 3~4년이 지나면 개인별 능력차가 확연하게 드러난다. 경쟁력을 갖추기 위해서는 피나는 노력을 해야 한다. 베테랑 장제사들은 말의 피부만 봐도 어떤 상태인지 바로 알 수 있다. 신 장제사는 말에 대한 애정을 거침없이 털어놓는다.

"말이란 동물 정말 멋있지 않습니까? 얼굴을 잘 보세요. 눈에 쌍꺼풀도 있고 아주 선하게 생겼거든요. 말과 교감하다 보면 다른 사람들은 생각도 할 수 없는 희열을 느낍니다."

국내에 약 50명의 장제사가 있다고 한다. 그 중에 15명 정도가 서울경마공원 소속인데 몇 명은 '개업 장제사'로 독립해서 일한다. 그밖에는 지방의 소규모 승마장 소속으로 일하기도 한다.

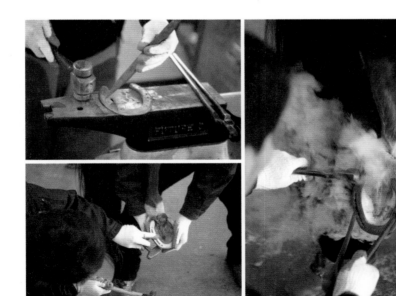

그가 장제사가 된 계기는 약간 드라마틱하다. 원래는 기수가 되고 싶었다. 그런데 체중이 문제였다. 기수는 몸무게가 50kg 이하여야 하는데 그는 그 당시 60kg 가까이 됐단다. 그래서 포기하려는 참이었는데 한 마필관리자가 장제 일을 배워보라고 권했다는 것이다.

우연히 들어선 길이지만, 신 장제사의 얼굴은 보람으로 빛난다. 경마장을 찾는 사람들이 장제사의 존재를 알기나 할까. 하지만 장제사가 없으면 경마 자체가 이뤄질 수 없다. 어디 경마뿐이랴. 눈에 띄지 않는 곳에서 묵묵히 일하는 사람들에 의해 이 사회가 그나마 지탱되지 않던가.

그의 가장 큰 소망은 장제학교를 세워 기술을 전수하는 것이다. 최고의 경지라고 할 수 있는 1급 장제사가 되려면 최소 17년이 걸린다. 어렵게 교육생을 뽑아놓으면 고된 과정을 못 견디고 중도에 탈락하는 경우도 많다. 그래서 그는 학교에서 체계적으로 육성하고 관리하는 시스템이 시급하다고 주장한다.

아무리 세상이 발달한다고 해도 말이 완전히 사라지는 일은 없을 것이다. 하지만 동서남북으로 파발마가 달리고 마차가 짐을 싣고 고갯길을 넘던 시대는 돌아오지 않을 것이다. 장제사들 역시 화려한 조명을 받으며 무대 위에 서는 일은 없을 것이다. 시대의 그림자 뒤에서 묵묵하게 세상을 지켜온 많은 장인들처럼 그들의 길을 갈 것이다.

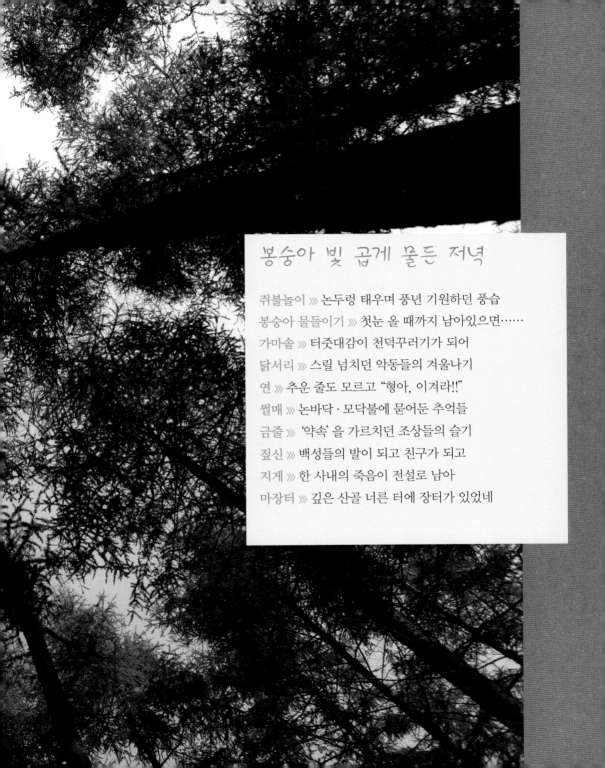

봉숭아 빛 곱게 물든 저녁

쥐불놀이
논두렁 태우며 풍년 기원하던 풍습

　귀신이 곡할 노릇이었다. 다른 사람 눈에 띌세라 그렇게 꼭꼭 숨겨뒀건만 대체 어디로 간 것인지. 아이는 뒤란을 몇 바퀴째 돌고 굴뚝 주변을 이 잡듯 뒤지면서도, 눈앞의 현실이 믿어지지 않았다. 깡통이 사라진 것이다. 쥐도 새도 모르게 감춰둔 깡통이. 하늘이 무너지고 땅이 꺼질 일이었다. 그게 어떻게 해서 얻은 물건인데…….

　가을에서 겨울로 넘어갈 무렵, 아이는 된통 앓아누웠다. 처음엔 감기인줄 알고 곧 나으려니 했는데 날이 갈수록 심해지더니 결국은 사경을 헤맬 지경이 되었다. 그러던 어느 날 아이가 눈을 번쩍 뜨더니 또렷한 목소리로 말했다. "복숭아통조림 하나만……." 죽어가던 아이가 깨어난 것도 기가 막힌 일인데 난데없이 통조림을 달라니. 어른들은 귀를 의심할 수밖에 없었다. 그래도 뭔 일은 못하랴 싶어서 읍내까지 수십 리 길을 나가 통조림을 사다 먹였더니, 그 길로 훌훌 털고 자리에서 일어났다.

신기해하는 것은 어른들의 몫이었고, 정작 앓고 일어난 아이에게 필요한 건 깡통일 뿐이었다. 아이는 기운을 차리자마자 깡통에 벌집처럼 구멍을 내고 철사를 매달았다. 그리고 그걸 굴뚝 옆 멍석 사이에 잘 감춰두고 쓸 날이 오기만 기다렸다. 겨울아, 빨리 와라. 깡통 없이 보냈던 작년의 설움을 갚아 주리라. 얼마나 되뇌었는지 모른다. 그런데 막상 써야할 때가 되니 감쪽같이 사라진 것이다.

산골에서 깡통이 얼마나 귀한 물건인가는 그런 곳에 살아본 사람만 안다. 겨울만 되면 아이들은 굼벵이를 찾아다니는 암탉처럼 코를 땅에 박고 쏘다녔다. 그렇다고 없는 깡통이 땅에서 솟을 리도 없건만……

잃어버린 깡통 때문에 실의에 빠진 아이가 저녁을 먹고 냇가로 갔을 때 모두들 쥐불놀이 준비가 한창이었다. 불이 제대로 붙지도 않은 나무를 대충 구겨 넣고 깡통을 돌리느라 씩씩거리는 녀석도 있었다. 부러움이 가득 찬 눈으로 그 광경을 바라보던 아이의 시선이 한 곳에서 멎었다. 유난히 눈에 띄는 깡통이 하나 있었다. 병구가 들고 있는 저 깡통! 틀림없었다. 복숭아가 그려져 있고…… 나란히 구멍을 뚫은 것하며……. 바닥에 엎드려 불씨를 살리기에 여념 없는 병구에게 아이가 다가갔다.

"야, 조병구. 너 그 깡통 어디서 났어?"

"왜 임마. 울 아버지가 줬다. 그걸 네가 왜 물어?"

"너 그거 우리 집 굴뚝에서 가져왔지? 내가 만들어 놓은 거 훔친 거지?"

"뭐, 이 자식아? 이렇게 생긴 깡통이 네 거 하나야? 누굴 도둑으로 몰고 있어. 죽어볼래?" 두 아이가 치고받으며 냇둑을 뒹굴기 시작했다. 산 위로 얼굴을 내밀던 달이 얼른 구름 속으로 숨었다.

쥐불놀이는 우리 고유의 풍습이자 놀이였다. 농촌에서는 정월 대보름을 전후해서 논두렁에 불을 놓았다. 곡식을 축내는 들쥐를 잡고 마른 풀에 붙어 있는 해충의 알을 태워 없애기 위한 것이었다. 이런 풍습이 놀이로 발달한 것이 쥐불놀이인데 대보름 밤에 절정을 이뤘다. 겨울이 지나갔으니 한바탕 놀고 새해 농사를 준비한다는 선언이었던 셈이다. 또 민간신앙에 기반을 둔 기복적인 의미도 있었다. 농촌에는 보름날 불을 놓으면 잡귀를 쫓고 액을 달아나게 하여 1년 동안 탈 없이 지낼 수 있다는 믿음이 있었다. 달집태우기 역시 비슷한 의미를 지녔다고 볼 수 있다.

보름날이면 남정네들이 들로 나가 밭두렁·논두렁에다 짚을 깔아 놓았다가 해가 지면 일제히 불을 놓았다. 동네마다 거의 비슷한 시간에 불을 놓기 때문에 이곳저곳에서 불길이 일어나 장관을 이뤘다. 이것을 쥐불놀이(서화희=鼠火戱)라 했다. 쥐불의 규모에 따라 그해 농사가 풍년일지 흉년일지를 가늠하고 마을의 길흉을 점치는 풍습이 있었다. 따라서 마을마다 서로 불길을 크게 하려고 애썼다. 그러다 '쥐불싸움'이 되기도 했는데, 불의 기세가 큰 마을이 승리하는 것이었다. 한쪽 마을의 불이 왕성하면 쥐들이 기세가 약한 쪽 마을로 모두 쫓겨가게 된다고 믿었다.

아이들의 쥐불놀이는 논두렁 태우기 풍습에서 파생된 또 하나의 놀이였다. 이른바 '깡통 돌리기'인데 일종의 합법적 불장난이었던 셈이다. 아이들은 대보름 전부터 깡통 돌리기를 하고 놀았다. 설 무렵이 되면 지난해 갈무리해뒀던 깡통을 꺼내거나 새 깡통을 구해서 구멍을 숭숭 뚫고 철사를 매달아 손잡이를 만들었다. 깡통 돌리기의 연료로는 관솔이 최고였다. 부지런한 아이들은 가을부터 조금씩 모아두기도 했다. 장작을 잘게 쪼갠 것이나 솔방울도 많이 쓰였다. 잘 마른 쇠똥을 쓰는 아이들

262

도 있었다. 쇠똥은 불을 붙이는 데는 시간이 걸렸지만 한번 붙고 나면 오래 타고 불땀도 좋았다.

깡통에 밑불을 놓고 그 위에 나무를 채워 빙빙 돌리면 처음엔 연기가 솟다가 어느 순간 불꽃이 날름날름 혀를 내밀었다. 쉭쉭 소리를 내며 깡통이 돌아갈 때면 무엇과도 바꿀 수 없는 희열을 맛볼 수 있었다. 불을 제대로 피우지 못했거나 돌리는 게 시원치 않으면 중간에 꺼지기도 했다. 그런 땐 처음부터 다시 해야 했다. 집에서 숯을 몰래 가져오는 아이도 있었고, 빨리 불을 붙여보겠다고 석유를 훔쳐다 뿌리기도 했다.

어둠 속에서 아이들이 나란히 서서 깡통을 돌리는 광경은 불꽃놀이 못지않게 아름다웠다. 인공의 불빛이 잘난 체만 하지 않으면 그 어떤 불빛도 가슴에서 희망이 되는 법이다. 깡통을 돌리는 방법도 다양했다. 처음에는 일정한 원을 그리며 옆으로 돌리다가 속도를 빨리하기도 하고 늦추기도 하고, 조금 능숙해지면 머리 위로 수평으로 돌리기도 하고 '∞자'를 그리기도 했다. 고수들은 손 바꿔 돌리기, 가랑이 사이로 손 바꿔 돌리기처럼 신기(神技)에 가까운 기술을 구사했다. 그러다가 원심력이 극에 달했을 때 깡통을 놓아버리면 불티를 날리며 멀리 날아갔다. 그 깡통이 바닥에 떨어져 불꽃을 피워 올릴 땐 아이들의 환호성이 들판을 울렸다.

이젠 농촌에 가도 쥐불놀이를 보는 건 쉽지 않다. 시골길을 지나다 들판에 연기가 나서 달려가 보면 등 굽은 노인이 논두렁을 태우고 있을 뿐이다. 언젠가는 쥐불놀이라는 단어조차 세상에서 지워질 것이라는 생각을 하며 쓸쓸히 발길을 돌리곤 한다.

봉숭아 물들이기
첫눈 올 때까지 남아있으면……

누이야.

아침에 집을 나서다 홀로 꽃을 피운 봉숭아를 보았다.

까치발로 키를 자랑하는 다른 꽃들과 조금 떨어진 곳에 피어있는 수줍은 꽃, 봉숭아를 보면서 또 네 생각에 빠져들었다.

봉숭아꽃을 사랑했던, 봉숭아꽃을 닮았던 아이.

봄이 오면 넌, 그전 해에 받아서 꼼꼼하게 갈무리했던 봉숭아 씨를 가장 먼저 심었다.

봉숭아는 일부러 심지 않아도 해마다 그 자리에 싹이 트건만, 그 일을 거르지 않았다.

그 까맣고 탄탄해 보이는 작은 씨들을 통해 희망이라도 싹 틔우겠다는 듯.

그래서 우리 집 싸리울 밑의 주인은 해바라기도 분꽃도 채송화도 아닌 봉숭아였다.

씨앗이 흙을 밀어 싹을 올리고 앙증맞은 잎을 하나 둘 내밀기 시작하면 너는 울 밑에서 살다시피 했다.

하긴 어른들은 들로 나가고 오라비마저 학교에 가버린 빈 집에서, 그게 네 유일한 낙이었을지도 모른다.

하늘에서 지고 온 원인도 모르는 병으로 뛰어놀 수도 학교에 갈 수도 없었던 아이.

네 소망 때문이었을까.

우리 집의 봉숭아는 동네에서 가장 먼저 꽃을 피우고 가장 늦게 졌다.

분홍색 빨간색 주홍색 보라색 흰색……

작은 꽃들이 점 점 점 등을 내걸어 불을 밝혔다.

꽃이야 해와 비와 바람이 피워내겠지만, 그 다양한 색깔들은 네가 불러내온 게 아니었을지.

산들바람에 흔들리는 꽃잎들은 어린 소녀처럼 여리고 고왔다.

너를 닮아있었다.

여름이 무르익으면 너는 손톱에 물을 들이기 시작했다.

잎과 꽃잎에 백반과 소금을 조금씩 섞고 정성들여 찧을 때면, 네 볼은 봉숭아 꽃잎처럼 붉게 물들었다.

잎과 꽃이 다 찧어지면 넌 늘 나를 불렀다.

꽃잎을 손톱에 올려놓고 싸매는 것은 혼자 할 수 없으니, 집안에 있는 유일한 식구를 부를 수밖에.

하지만 난 얼마나 무뚝뚝하고 못된 오라비였던지.

기껏 친구들을 불러내 참외서리나 모의하는 주제에, 바쁘다는 핑계로 부드러운 손길 한번 제대로 주지 못했구나.

찧은 꽃잎을 손톱 위에 조심스럽게 얹고 흐트러지지 않도록 푸른 잎으로 감싼 다음 잘 동여매야 예쁘게 물드는데.

불퉁거리며 대충대충 매어주는데도 그조차 고맙다고 미소를 아끼지 않았던 너…….

봉숭아물을 들인 날, 넌 갓 시집 온 새댁처럼 조심스러웠다.

누가 손가락이라도 건드릴세라 가만가만 걷던 모습은 지금도 내 눈에 들어앉아 있구나.

아침에 일어나 실을 풀 때의 모습도 잊지 못한다.

기대에 가득 찬 얼굴로 천천히 풀어나가던, 그리고 곱게 물든 손톱을 보면서 별처럼 빛나던 네 눈동자.

어른보다 바쁜 세상을 사는 요즘 아이들에게 그런 추억이 있겠느냐.

싸맨 것 흩어질세라 제대로 자지도 않고 지키던 그 시간이 얼마나 소중하게 가슴에 남는지 지금의 아이들이 알 수 있겠느냐.

설령 그것을 안다 해도 그 번거로운 과정을 누가 하려고 할까.

266

송혜민 제공

268

하긴 봉숭아 물들이기가 아주 사라진 건 아닌 모양이더라.

학교 앞 가게에 가면 금세 물들일 수 있는 '상품'을 판다니, 좋아졌다고 해야 할지 추억조차 만들어줄 틈이 없는 세상을 한탄해야 할지.

손톱에 봉숭아물을 들이는 것은 시간과 추억을 물들이는 것이 아니더냐.

누이야.

너는 꽃이 내미는 그 은은함을 사랑할 줄 알았다.

그 어린 나이에…….

그런 너에게 왜 하늘은 그렇게 인색했단 말이냐?

너를 너무 사랑했던 것일까?

5월이더냐 6월이더냐? 봄은 만삭의 배를 한껏 내밀고, 네가 심었던 봉숭아가 첫 꽃망울을 터트리기 전이었을 게다.

마당가 감나무에는 감꽃들이 누런빛 등을 걸던 계절이었다.

그날따라 나는 별다른 이유도 없이 목덜미를 짓누르는 초조감에 달리듯 집을 향했다.

아아!

감나무 아래 엎드려 있는 너를 보는 순간, 나는 송곳처럼 가슴을 찌르는 이별의 예감에 몸을 떨었다.

왜 하필 감나무 아래였을까.

아버지가 길을 떠날 때 매어준 그네만 홀로 흔들리고 있는 곳.

넌 그렇게 떠났다.

배가 부어오르고 가쁜 숨을 몰아쉴 때도 어른들은 설마 했겠지.

아니, 설령 결말을 어느 정도 예견했다 해도 뼈가 휘도록 일을 해봐야 입에 풀칠조차 하기 어려웠던 그들이 뭘 어쩔 수 있었을까.

다리목 돌팔이영감이 처방한 약 몇 첩에 실낱같은 희망을 걸며 동산만한 배를 쓸어주는 수밖에.

이 오라비는 학교에, 어른들은 들에 있던 시간, 넌 혼자 그렇게 떠났다.

이상도 하지.

네게 다가가면서 내 두 눈은 이미 눈물로 그렁그렁해졌는데, 쪼그리고 앉은 나는 네 손부터 들여다보고 있었다.

그 경황에 왜 그랬는지는 지금도 알 수 없다.

조금만 더 기다렸으면 봉숭아물을 들이고 떠날 수 있었을 것을.

봉숭아물 대신, 길을 떠나기 직전의 고통이 낱낱이 배어 있는 네 손톱 위에 내 눈물이 뚝뚝 떨어졌다.

그리고,

네 손 안에서 네 나이만큼의 감꽃을 발견했다.

짓이겨져 꿰지도 못할 감꽃만이 네가 내게 남긴 유일한 전언이었구나.

손톱의 봉숭아물이 첫눈 내릴 때까지 남아있으면 첫사랑이 이뤄진다는데, 누이야, 너는 첫사랑이 무언지 알 틈도 없이 떠나버렸구나.

270

슬픔이 깊다고 시간이 멈춰 서기야 할까.

갈수록 하얗게 바래가는 네 미소가 눈에 밟혀 밤마다 베개를 적시던 사내아이는 이제 주름 깊은 나이가 되었다.

지금도 고향집 무너진 담장 밑, 잡초 무성한 그 자리에는 봉숭아가 피어나고 있을까?

여전히 네 영혼을 점 점 점 걸어놓고 있을까?

누이야…….

가마솥
터줏대감이 천덕꾸러기가 되어

    친구 K의 전화를 받은 건 토요일 아침이었다. 휴일 새벽이면 카메라 가방을 메고 어디든 떠나는 게 오랜 습관이지만, 몸이 개운치 않아 못 일어나고 있던 참이었다. P의 아버지가 돌아가셨다는 소식이었다.

    P는 지난해 갑작스레 시골로 내려간 친구였다. 아버지가 노환으로 누운 데다 가문을 이어갈 사람이 필요하다는 이유로, 가족을 거느리고 고향으로 돌아갔다. 그 살벌했던 IMF 치하에서도 꿋꿋이 지켜냈던 직장도 미련 없이 버렸다. 지금이 어느 시대인데 '가문 잇기 타령'이냐고 친구들이 펄쩍 뛰었지만 상황을 돌이키지는 못했다.

    아무리 몸이 안 좋아도 계속 누워 있을 수는 없었다. K의 차에 동승하여 P의 고향으로 향했다. P의 집은 눈 밝지 못한 내가 봐도 명당이다 싶은 곳에 자리 잡고 있었다. '전설의 아흔아홉 칸'까지는 안 되겠지만 규모도 꽤 크고 오랜 세월 쌓아왔을

위엄이 후광처럼 걸쳐 있는 집이었다. 가문타령을 할만도 하다는 생각이 들었다. 임종 전에 병원으로 모시려 했지만, P의 아버지가 끝내 집을 떠나려 하지 않았다는 이야기는 가는 길에 K에게 들었다.

가문의 위세답게(?) 상가는 분주했다. 바깥마당부터 차일을 치고 사람들이 분주히 오가는 게, 농촌이 비었다는 현실을 잠시 잊게 해줬다. 안마당으로 들어서는데 한쪽에 커다란 가마솥을 서너 개 걸어놓고 장작을 지피고 있었다. 제법 탐스러운 불땀이 시선을 끌어당겼다. 한 솥에서는 밥 익는 냄새가 구수했고 다른 솥에서는 국이 끓는지 김이 푸짐했다. 정작 발길을 잡고 놓지 않는 건 그 옆의 풍경이었다. 초로의 아낙들이 솥뚜껑을 뒤집어놓고 전을 부치고 있었다. 고소한 기름 냄새, 지글거리며 익는 갖가지 전. 침이 꿀꺽 목을 타고 넘어가더니 오랫동안 잠자고 있던 기억들을 하나씩 깨웠다.

몇십 년 전까지만 해도 가마솥은 생필품 1호였다. 농촌의 하루는 가마솥과 함께 시작됐다. 겨울엔 쇠죽부터 끓였다. 소는 겨우내 잘 먹여놔야 농사철에 힘을 쓴다. 날이 밝기도 전에 가마솥에 겨와 콩깍지, 썬 짚 등 쇠죽거리를 넣고 장작을 지폈다. 쇠죽이 끓기 시작하면 구수한 냄새가 아침을 가득 채웠다. 그때쯤 되면 부엌의 작은 가마솥에서도 밥이 푸푸 끓어올랐다. 뜸을 들이기 위해 불을 조절하면서 작은 종지에 달걀을 풀어 솥뚜껑을 열고 밀어 넣었다.

아궁이에 감자나 고구마를 묻어놓고 기다리던 시간은 얼마나 달콤했던지. 솥뚜껑에 김치전이라도 부치는 날이면 뜨거운 전 한 장 받아들고 후후 불어가며 입에 구겨 넣을 때의 그 감동이란.

가마솥으로 지은 밥은 유난히 맛이 있었다. 무쇠 자체가 뜨겁게 가열되는 전체가열 방식이기 때문에 밥이 고르게 익는 것은 물론이고 밥맛도 뛰어났다. 또 솥뚜껑의 무게 때문에 수증기가 쉽게 빠져나가지 못하고, 그 수증기가 솥 안의 기압과 온도를 빠르게 높여줘 요즘의 압력밥솥과 같은 효과를 냈을 것이다. 높은 온도에서 빠르게 익힌 밥은 찰지고 향기가 뛰어나다.

아이들은 어머니가 밥을 푸는 기색이면 부엌문 앞에 눌어붙어 있기도 했다. 밥을 다 푼 다음 손에 쥐어주던 따뜻한 누룽지 한 덩어리. 아껴가면서 조금씩 떼어먹을 때의 그 맛은 도시에 나와 먹었던 그 어떤 음식도 비교가 안 될 만큼 입에 달았다. 가마솥은 메주를 쑤거나 두부를 할 때, 엿을 고을 때도 요긴하게 쓰였다.

가마솥의 역할과 의미는 단순히 솥에서 그치지 않는다. 가족공동체가 형성되고, 그것이 대대로 이어져올 수 있게 한 매개체 중 하나가 가마솥이었다. 한두 사람의 밥을 짓기 위해 가마솥을 쓸 일은 없다. 대가족이 한 공간에 둘러앉아 먹을 밥을 준비하기 위해서 가마솥 규모의 취사도구가 필요했던 것이다. 마을공동체 역시 가마솥을 매개로 음식을 함께 만들고 나눔으로써 결속을 다질 수 있었다. 기쁜 일이든 슬픈 일이든 어느 집에 일이 생기면 부뚜막을 만들고 가마솥부터 걸었다. 어느 땐 이웃의 가마솥까지 동원되기도 했다. 하지만 산업화 시대의 고개를 숨 가쁘게 넘는 과정에서 대가족은 소가족, 핵가족으로 분열을 거듭해왔다. 더구나 농기계의 급격한 보급은 공동경작이라는 오랜 전통을 무너뜨렸다. 가족의 해체와 공동경작의 붕괴는 사회형태에 많은 변화를 가져왔다. 이젠 대가족이 한 상에 둘러앉아 밥을 먹거나, 동네 사람들이 논둑에 옹기종기 모여앉아 참을 먹고 막걸리 잔을 돌리는 모습을 보기 어려워졌다.

당연히 가마솥의 역할도 끝났다. 여기서 채이고 저기서 녹슬고, 가족과 짐승의 먹을거리를 한 몸으로 책임졌던 터줏대감이 고물상이나 반기는 천덕꾸러기가 된 것이다. 가마솥과 구수한 숭늉 맛이 사라진 뒤 세상이 이렇게 삭막해진 건 아닐까.

닭서리
스릴 넘치던 악동들의 겨울나기

　우지끈! 와장창! 뭔가 부서지는 소리, 그 뒤를 아버지의 고함소리가 따른다. 마당 쪽이다. 진즉에 잠에서 깼으면서도 이불속에서 뭉그적거리던 아이가 벌떡 일어나 문을 연다. 마당에는 조금 기묘한 풍경이 펼쳐져 있다. 중학교에 다니는 형이 마당에 엎어져 있고, 그 옆에 겨울방학을 맞아 서울에서 놀러온 외사촌형이 벌겋게 달아오른 얼굴로 서 있다. 밤새 눈이 내렸는지 온 세상이 하얗다. 한쪽에서는 어머니가 아버지를 붙잡고 있느라 진땀을 흘리고 있다. 아버지는 형을 패대기쳐놓고도 분이 안 풀리는지 싸움판의 황소처럼 씩씩거린다. 처음 보는 모습이다. 평소의 아버지는 매질은커녕 큰소리 한번 낸 적이 없다.

　"야 이눔의 자식아. 벼룩의 간을 내먹지. 종팔이네가 어떻게 살아가고 있는데, 그 집 닭에 손을 대. 빌어먹는 놈도, 남의 집 담을 넘는 놈도 도리라는 게 있는 겨. 당장 가서 빌고 와."

278

무슨 사단이 일어난 건지 대충 짐작이 간다. 순진한 형⋯⋯. 모처럼 동갑내기 외사촌이 왔으니 뭔가 대접(?)한다는 의미에서 닭서리를 모의했던 모양이었다. 하긴 긴긴 겨울 밤, 재밋거리를 찾기 어려운 시골에서 그만큼 매력적인 게 어디 있을까. 하지만 아버지가 저리 노발대발하는 걸 보면, 그들의 닭서리는 실패에 그친 게 틀림없었다. 설령 닭을 훔치는 데까지 성공했다고 해도 꼬리를 밟혔다면 실패한 서리기 때문이다.

뒤에 형으로부터 들은 얘기는 그랬다. 동네 형들이 지휘하는 닭서리를 몇 번 따라 가보긴 했지만, 자신이 주도하는 건 처음인지라 비교적 만만해 보이는 외팔이네 닭장을 털기로 했다는 것이다. 형과 외사촌형, 그리고 동네 친구 셋이 한패가 되었다. 외팔이네 집은 외딴곳에 있는데다 닭장 자체가 허술했기 때문에 거사를 치르는 데 수월할 것이라고 생각한 것이었다.

외팔이의 원래 이름은 종팔이다. 전쟁 통에 한쪽 팔을 잃은 터라 너나 할 것 없이 외팔이라 불렀다. 원래 이 동네 사람은 아닌데 어느 해인가 부부가 함께 들어와 산기슭에 터를 잡고 닭을 키우며 살기 시작했다. 농사 채가 따로 있는 것도 아니어서 그들은 항상 궁색했다. 달걀을 내다 팔기는 하지만, 먹고사는 걸 해결하는 데는 역부족인 것 같았다. 팔이 그러니 품을 팔러 다닐 수도 없었다.

하지만 닭고기의 황홀한 맛을 상상하는 것만으로도 이성이 마비된 풋내기들에게 그런 사정이 눈에 들어올 리 없었을 것이다. 아무튼, 그들은 닭서리에 성공했다. 아니 성공한 듯 보였다. 일부는 밖에서 망을 보고 동작 빠른 침투조가 소리 없이 닭장에 들어가야 한다는 원칙도 잘 지켰다. 손을 겨드랑이에 넣어 따뜻하게 한 다음 한

손을 닭의 날갯죽지에 슬그머니 밀어 넣고 재빠른 동작으로 닭의 목을 비틀어야 한다는 기본도 잊은 바 없었다. 결국 그들은 닭 한 마리를 제대로 손에 넣었고 개선장군이라도 된 양 희희낙락 귀환했다.

그런데 왜 이런 일이 벌어진 것일까. 서리원칙 중에 그들이 잊어버린 게 하나 있었다. 어제는 밤중에 눈이 내렸다. 눈이 오면 들뜨는 게 개뿐만은 아니다. 그들 역시 들뜬 마음에 자신들의 발자국이 눈 위에 남는다는 가장 기초적인 사실을 잊어버렸다. 게다가 그들이 외팔이네 집을 떠나고 얼마 지나지 않아 눈이 그쳤기 때문에 발자국이 지워질 기회도 없었다. 새벽에 일어난 외팔이에게 모든 상황이 한눈에 들어왔을 것이다. 어지럽게 흩어진 닭털과 눈 위에 찍힌 발자국. 외팔이는 범인들이 남긴 발자국을 따라가 어느 집으로 들어갔는지 확인만 하면 되었다.

아버지가 그토록 화를 낸 것은 두말할 것도 없이, 몸이 성치 못한 사람의 생계수단을 서리대상으로 삼았다는 것이었다. 전에는 집집마다 닭 몇 마리씩은 길렀다. 마당에 풀어놓으면 떨어진 나락도 주워 먹고 벌레도 찾아 먹기 때문에 크게 손이 갈 일도 없다. 그런 닭 한두 마리쯤은 서리로 잃어도 별 문제가 될 게 없었다. 서리 대상은 그런 닭이어야 했다. 풋내기 서리꾼들이 그 원칙을 어긴 것이었다. 또 닭서리는 자기 동네를 피하는 게 상식이었다. 네 집 살림이 내 집 살림인 터에 자기 닭을 훔쳐 먹을 바보가 어디 있겠는가. 그래서 아주 급할(?) 지경이 아니면 다른 동네로 원정을 갔다. 그래봐야 그쪽 동네 젊은이들은 이쪽 동네로 원정을 오게 마련이니 결과는 마찬가지였지만…….

닭서리가 크게 말썽이 되는 경우는 그리 흔치 않았다. 애지중지 키우던 닭을 솔

개나 족제비도 아닌 사람 손에 잃어버렸으니 속이 뒤집어지는 건 사실이지만, 그렇다고 경찰서로 달려가는 사람은 없었다. 또 언제 자신의 아들이 닭서리 대열에 합류할지 모르니 무조건 야박하게 굴 수도 없었다. 닭서리가 어른들의 싸움으로 번지거나 닭 값을 물어주는 경우가 아주 없지는 않았지만, "허~ 징헌 놈들" 하고 혀를 끌끌 차는 걸로 화를 삭이는 게 보통이었다.

요즘 인심 같으면 어림도 없는 일이다. 절도범으로 잡혀가고 콩밥 먹는 것까지 각오하지 않을 바에야 아예 시작도 말아야 할 게 서리다. 그만큼 세상이 각박해졌다. 아니, 각박해지지 않았더라도 서리가 남아 있을 까닭이 없다. 우선, 농촌에도 양

계장 외에는 닭을 키우는 집이 거의 남아 있지 않다. 닭고기가 먹고 싶으면 사다 먹으면 된다. 하지만, 닭서리가 사라진 결정적 원인은 딴 데 있다. 이젠 닭장을 노릴만한 아이들이 없다. 역전의 용사들은 도시로 떠났고, 새 생명은 잉태되지 않은지 오래다. 설령 아이들이 있다고 해도 재밌는 게 넘치는 세상에 뭐가 아쉬워 남의 닭장이나 기웃거릴 것인가.

연 추운 줄도 모르고 "형아, 이겨라!!"

망할 놈의 시누대는 왜 재실영감네 뒤란에서만 자라는지……* 아무리 생각해도 모를 일이었다. 하나의 산자락을 따라 옹기종기 모여 사는 동네건만 다른 집에서는 시누대 이파리 한 장 보기 어려웠다. 간덩이가 유난히 큰 아이들 서넛이 몰래 재실 영감네 대밭에 가서 대를 뿌리째 캐다 제 집 뜰에 심은 적이 있는데, 괜히 헛심만 쓴 꼴이 되고 말았다. 대부분은 곧 비실비실 죽어버렸고 힘겹게 살아난 놈도 더 이상 자랄 의지를 상실한 채, 조릿대마냥 불어오는 바람에 춤이나 출 뿐이었다.

그래서 아이들은 연을 만들 때가 되면 재실영감네 뒤란 쪽을 바라보며 입맛을 다시고는 했다. 왕대라고 연을 못 만들 건 없었다. 하지만 마디가 두드러지지 않고 낭창낭창한 시누대의 매력을 아는 아이들에게, 손이 많이 가는 왕대가 눈에 찰 리 없었다.

재실영감의 심술은 세월이 가도 수그러들 줄 몰랐다. 그깟 대나무 몇 그루 베어간다고 대밭이 억새밭으로 변하는 것도 아니고, 눈에 넣을 듯 아낀다고 대나무에서

사과가 열릴 리도 없지 않은가. 재실영감은 시누대밭에 아이들이 얼씬하는 것조차 눈에 불을 켜고 막았다. 그래서 대밭은 해마다 영역을 넓혀갔다.

하지만 아이들 역시 포기할 수 없었다. 들판을 달려온 찬바람이 들창을 두드리기 시작하면 재실영감과 악동들의 전쟁이 시작되었다. 재실영감은 낮이면 순찰이라도 하듯 대밭을 돌았다. 그러니 접근 자체가 불가능했다. 아이들이 노리는 시간은 오밤 중이었다. 아무리 심술통이 수박통만큼 비대해진 재실영감이라고 해도 그깟 대 좀 지키겠다고 밤을 새울 수는 없는 일이었다. 아이들은 밤이 깊으면 발소리를 죽이고 대밭으로 갔다. 아무리 잘 갈린 주머니칼이라도 어른 엄지 굵기 만한 대나무를 베어

* 시누대는 신호대, 신우대, 신이대, 신의대, 고려조릿대라고도 부른다. 국립국어연구원의 표준국어대사전에는 '시누대=海藏竹(해장죽─화본과의 다년생 대나무)의 잘못'이라고 풀이해놓았다. 그러나 시누대라는 이름으로 기억하고 있는 사람들이 많기 때문에 그대로 표기한다.

내기란 쉽지 않았다. 땀깨나 흘리고 나서야 대밭을 빠져나올 수 있었다. 땀의 대가는 만족스러웠다. 연을 만들기 위한 준비의 절반은 끝난 셈이었다.

물론 대나무가 있다고 연이 만들어지는 건 아니었다. 문종이로 쓰이는 한지와 실, 실을 감을 수 있는 얼레(연자세)도 필요했다. 한지 역시 쉽게 구할 수 있는 물건이 아니었다. 가난한 집 아이들은 부잣집 아이들에게 연을 만들어주는 조건으로 한두 장 얻기도 했다. 그렇게 재료가 갖춰지면 본격적으로 연을 만들기 시작했다.

연도 종류가 많았다. 형태와 문양에 따라 100여 종에 이를 정도였다. 하지만 주종은 방패연과 가오리연이었다. 방패연은 말 그대로 직사각형의 방패처럼 생겼다. 가운데에 '방구멍'이라는 구멍을 내는데, 보통 세로와 가로를 3대 2의 비율로 만든다. 방패연은 가오리연에 비해 비교적 복잡하고 만들기 어렵기 때문에 주로 큰아이들이 만들었다. 가오리연은 마름모꼴의 가오리처럼 생겼는데 꼬리를 길게 붙이는 게 특징이다. 바람이 꼬리를 타고 흐르기 때문에 띄우기가 쉽고 만드는 법도 비교적 간단하다.

연을 만드는 순서 중 맨 먼저이면서도 가장 중요한 일이 대나무살을 깎는 것이다. 방패연에는 대나무살 다섯 개가 들어간다. 살은 탄력이 좋되 가능한 한 무겁지 않도록 깎아내야 한다. 가운데를 조금 굵게 하고 양끝은 얇게 다듬는다. 대나무를 가늘게 쪽 낸 뒤 무릎에 대고 안쪽 살을 낭창낭창해질 때까지 깎아내려 간다. 이때 너무 많이 깎아내면 가볍긴 하지만 탄력을 못 받아 쓸 수 없게 된다.

연살을 다 깎으면 한지를 직사각형으로 자른 뒤 가운데에 방구멍을 내야 한다. 방구멍은 맞바람의 저항을 줄여 연이 상하지 않게 하는 것과 동시에, 구멍을 통과한 바람이 뒷면의 부족한 공기를 즉시 채워 연이 빨리 움직일 수 있도록 한다. 연싸움

을 할 때 아래위로 조정할 수 있는 건 바로 이 방구멍이 있기 때문이다. 방구멍의 지름은 연 가로길이의 3분의 1보다 약간 큰 게 좋다. 종이를 여러 겹으로 접은 뒤 끝을 적당하게 잘라내면 둥근 구멍이 된다. 종이에 살을 붙일 때는 밥풀을 사용하는데 종이가 아닌 살에 칠해야 한다. 맨 먼저 머릿살을 한지 상단에 감아 붙인 뒤 대각선으로 살을 붙인다. 다음으로 가운데살을 세로로 붙이고 허리살을 가로로 붙인다. 작게 자른 한지를 중간 중간 살 위에 덧붙여 떨어지지 않도록 마무리한다. 마지막으로 실을 매는데, 이때 중요한 것은 머릿살의 양 끝을 뒤쪽에서 당겨 매어 불룩 튀어나오도록 해야 한다.

연을 띄우는 맛은 누가 뭐래도 연싸움에 있다. 공중에서 연 두 개가 엎치락뒤치락하다가 실 하나가 끊어지면 뿌리를 잃은 연은 훨훨 날아간다. 울며불며 쫓아가는 '초보'들도 있지만 대개 빈손으로 돌아오기 마련이다. 연싸움에서 이기기 위해 연

288

줄에 사금파리 가루를 섞은 풀을 먹이기도 했다.

연은 단순히 놀이기구만은 아니었다. 액땜이나 무병(無病)을 비는 기복적 의미와 함께 군사용으로도 쓰였다. 문헌 속 연의 역사는 삼국시대까지 거슬러 올라간다. 삼국사기에 연에 관한 기록이 있다. 신라 진덕여왕 1년(647년), 여왕의 등극에 반발한 비담과 염종이 반란을 일으키자 김유신이 밤에 햇불을 매단 큰 연을 띄워 패망의 기운을 불식시키고 군졸들의 사기를 높여 난을 평정했다는 내용이다. 또 고려시대에는 최영 장군이 전투에 연을 활용했으며 임진왜란 때는 이순신 장군이 암호 전달용으로 썼다는 이야기도 있다.

겨우내 계속되던 연놀이는 대보름이나 그 전날 밤, 집안의 좋지 않은 액을 연에 심어 날려 보내는 '액연(厄鳶)날리기'를 함으로써 끝맺는다. 실을 최대한 풀어줬다가 끊어버리면, 연은 액을 모두 싣고 멀리 날아간다.

이제 연을 보기도 쉽지 않다. 보름을 전후해 연 날리기 행사를 하는 곳도 꽤 있지만 말 그대로 '행사' 일 뿐, 삶 속에서 함께 하던 연은 아니다. 추운 겨울날 언덕 위에서, "내 연 이겨라! 형아 연 이겨라!" 빽빽 소리 지르며 연싸움 하던 아이들은 모두 고향을 떠났다. 그렇게 텅 빈 들판엔 바람만 홀로 남아 휘휘 휘파람을 불고 있다.

썰매
논바닥·모닥불에 묻어둔 추억들

쉿! 병구가 낮지만 날카로운 소리로 아이들에게 경고를 보낸다. 순간, 세상의 모든 움직임이 멈춰버린다. 병구의 지휘에 따라 개구멍을 통과한 아이들이 고양이처럼 살금살금 앞으로 나간다. 내내 아이들의 뒤를 따르던, 깎아 내버린 손톱 같은 초승달이 구름 속으로 숨는다. 발아래조차 보이지 않을 만큼 캄캄해진다. 하지만 아이들에겐 제 집 안방처럼 익숙한 길이다. 병구가 빠른 걸음으로 언덕을 올라가 맨 마지막 교사(校舍) 뒤로 빨려들듯 사라진다. 숙직실과 가장 먼, 5~6학년이 교실이 있는 곳이다. 그 뒤를 네 명의 아이들이 꺼병이(꿩 새끼)들처럼 따라가 어둠 속에 숨는다.

눈대중으로 아이들의 머리 숫자를 헤아리며 잠깐 숨을 돌리던 병구가 빠른 솜씨로 유리창을 떼기 시작한다. 낮에 걸쇠를 풀어둔 창은 별 저항 없이 창틀에서 분리된다. 잘 훈련된 병사들처럼, 아이 둘은 병구를 돕고 다른 두 명은 흩어져 망을 본다. 병구는 유리창을 내려놓은 뒤 익숙한 솜씨로 레일 밑에 드라이버를 찔러 넣는다. 손에 힘을 주자 레일과 창틀 사이가 점점 벌어진다. 잠시 뒤 긴 레일 하나가 뽑혀 올라온다. 아이들 사이에서 작은 함성이 터져 나온다. 그때, 날카로운 빛 한 줄기가 갑자기 어둠을 뚫고 와 아이들을 핥는다. 이어 "웬 놈들이냐?" 하는 소리가 맹수처럼 달려들더니 둔탁한 발걸음소리가 그 뒤를 따른다. 후닥닥! 누가 먼저랄 것도 없이 아이들이 달아나기 시작한다. 구름 속에 숨었던 달이 살짝 얼굴을 내민다. 오랜 모의 끝에 실행됐던 '레일탈취' 작전은 그렇게 실패로 끝났다.

아이들은 겨울만 되면 학교 유리창 밑에 깔린 가이드레일을 보며 군침을 삼켰다. 썰매의 날로 쓰기에는 그만한 게 없기 때문이었다. 썰매 날은 두꺼운 철사를 많이 사용했는데, 물자가 귀한 시골에서 쓸 만한 것을 구하는 게 쉽지 않았다. 헌 스케이트 날을 쓰는 경우도 있었지만, 그야말로 '귀한 물건'이었다. 또 함석양동이 아래의 철제 링을 빼서 곧게 편 다음 썰매다리에 박아 넣기도 했다, 스피드를 내는 데는 그만이었기 때문에 그걸 가진 아이들은 선망의 대상이었다. 하지만 호랑이 콧수염에 매달리는 게 낫지, 어디라고 양동이를 함부로 망가뜨리겠는가. 욕심에 눈이 멀어 부모 몰래 그 짓을 하다가 속옷 바람에 쫓겨나는 아이들도 있었다. 양동이를 못 쓰게 될 때까지 기다리고 기다려보지만, 양동이가 못 쓰게 될 때면 철제 링 역시 녹슬고 삭아서 쓸 수 없게 된 뒤였다. 그런 형편이니 아이들은 너나없이 '철사병'에 걸려서 돌아다녔다.

재료를 구하기는 어려워도 썰매를 만드는 공정 자체는 비교적 간단했다. 각목 다리에 철사를 고정시키고, 그 위에 판자를 대고 못질하면 기본은 끝이었다. 철사는 구부린 뒤 다리의 앞뒤에 박아 넣거나 못으로 고정시켰다.

모양이나 크기는 개인의 취향에 따라 달라졌다. 상판의 앞이나 뒤에 나무를 덧대거나 장식을 하기도 했다. 작은 아이들은 어른 손을 빌릴 수밖에 없었는데, '양반자세'로 앉아서 탈 수 있도록 넓게 만드는 게 보통이었다. 초등학교 3~4학년이 되면 스스로 썰매를 만들기 시작했다. 고학년으로 올라갈수록 간신히 발을 올릴 만큼 작아지는 게 일반적 추세였다. 작을수록 속도가 빨라지기 때문이다. '고참 썰매꾼'들은 외발썰매를 만들어 타기도 했다. 외발썰매는, 말 그대로 다리를 가운데 한 곳에만 대는 것이었다. 균형 감각이 없으면 올라설 수조차 없지만 가장 빠른 속도를 자랑했다.

썰매를 만드는 과정에서 중요한 것 하나는, 스키의 스틱이라 할 수 있는 송곳이었다. 송곳은 가늘고 곧게 뻗은 나무를 잘 말려두었다가 다듬어서 썼다. 긴 대못의 머리를 두드려 나무에 거꾸로 박고 T자 모양으로 손잡이를 만든다. 작은 아이들은 짧은 송곳을, 큰 아이들은 긴 송곳을 썼다. 송곳이 길면 서서 타야 하지만 그만큼 힘을 받기 때문에 스피드를 즐길 수 있었다.

방학이 되면 아이들은 얼음판에서 살다시피 했다. 겨울에는 도와야 할 집안일도 별로 없기 때문에 온종일 나가 놀아도 어른들은 별 잔소리를 하지 않았다. 학원이나 과외가 있을 턱도 없으니 공부 따위는 까마득히 잊고 놀았다. 썰매는 강이나 내 혹은 마을 앞 둠벙에서 타기도 했지만, 대개 논에 물을 대어 얼음판을 만들었다. 겨울 초입에 동네에서 가장 큰 논에 물을 적당히 가둬놓으면 훌륭한 썰매장이 되었다. 자신의 논이 아이들 놀이터가 됐다고 뭐라는 사람은 없었다.

아침이면 아이들은 밥숟가락을 놓기 바쁘게 썰매를 송곳에 꿰어 메고 집을 나섰

다. 요즘처럼 방한이 잘되는 옷은 구경하기도 어려운 시절이었으니, 찬바람이 가슴을 헤치고 볼은 까치밥으로 남겨둔 홍시처럼 발갛게 얼기 일쑤였다. 날마다 그렇게 타건만 얼음판에 썰매를 올려놓고 송곳을 불끈 쥘 때마다 가슴이 두근거렸다. 아이들은 세상 끝까지라도 가겠다는 듯 씽씽 달렸다. 논의 이쪽에서 저쪽까지 누가 먼저 가나, 혹은 몇 바퀴를 누가 먼저 도나 경주도 했다. 욕심이 앞서서 나동그라지기도 하지만 툭툭 털고 일어나면 그만이었다. 그러다 지치면 얼음판 한쪽에서 팽이를 치기도 하고 논둑에 올라 연을 날리기도 했다. 그렇게 놀다보면 금세 점심때가 되었다. 밥을 먹으러 가는 아이들도 있었지만 집에 가봐야 딱히 먹을 게 없는 아이들은 내쳐 놀았다. 해가 짧은 겨울엔 점심을 건너뛰는 집이 많던 시절이었다.

모닥불에 고구마를 구워먹는 재미도 남달랐다. 나뭇가지를 모아 불을 피우고 고구마를 묻어놓으면 얼마 지나지 않아 매혹적인 냄새가 코를 찔렀다. 호호 불며 껍질

을 벗기다 보면 손이니 얼굴이니 온통 깜둥이가 되지만 노랗게 잘 익은 속살 한입 베어 물면 꿀맛이 따로 없었다. 날이 따뜻할 때는 얼음이 녹아 꺼지기도 했다. 그러면 양말이나 옷을 흠뻑 적신 아이들이 모닥불가로 모여 들었다. 말린다고 널어둔 양말을 불길이 날름 삼키기도 했다. 나일론 소재의 점퍼에 불티가 튀어 숭숭 구멍이 뚫리는 일도 많았다. 그렇게 겨울을 나고 학교에 가는 아이들의 뒷모습을 보면 냇가의 미루나무만큼 훌쩍 커 있었다.

간혹 산골마을을 지나다 얼음판에서 썰매를 타거나 팽이 치는 아이들을 만나면 안아주고 싶을 만큼 반갑다. 부모 손잡고 가서 타는 스키나 눈썰매가 겨울놀이의 전부인 줄 아는 아이들은, 아빠나 삼촌이 들려주는 썰매 이야기가 먼 옛날의 전설만큼 이나 아득할 것이다.

금줄
'약속'을 가르치던 조상들의 슬기

"워~매! 금순네가 아들을 낳은 개비네."

"그런개벼. 금줄을 하늘 닿을 만치 높게 쳐번졌네. 저 빨간 고추 매단 것 좀 봐. 실허기도 허지."

"왜 아니겠어. 딸만 내리 다섯이나 낳은 뒤로 본 아들이니 빨간 고추가 아니라 금 고추라도 달고 싶것지. 그나저나 금순네 이제 신수 활짝 피게 생겼네. 그동안 아들 못 낳는다고 그 구박을 받고 살더니만……"

한 집안의 출산은 동네의 경사였다. 그래서 누구 집에 아이를 낳았다고 하면 동네는 잔치라도 열린 것처럼 들떴다. 아이를 낳은 집에서는 금줄부터 내걸었다. 왼새 끼를 꼬고 거기에 생솔가지나 숯·고추 등을 매달아 대문에 거는 걸 금줄이라고 했다. 오른새끼가 아닌 왼새끼를 꼬는 이유는 잡귀들이 좌(左)를 두려워했기 때문이라

고 한다. 밤길을 가다가 도깨비를 만나면 왼발을 걸어 넘어뜨려야 한다는 이야기도 이와 상통한다. 또 오른새끼보다 훨씬 어려운 왼새끼를 꼬면서 한 번쯤 호흡을 멈추고 옆과 뒤도 돌아보라는 뜻도 담겨 있을 것이다.

아이가 딸인 경우에는 새끼줄에 생솔가지와 숯·흰 종이를 끼워서 금줄을 만들고 아들인 경우는 여기에 빨간 고추를 더한다. 금줄은 삼칠일(21일) 동안 치는데 금줄이 걸린 집에는 동네 사람은 물론 가까운 친척도 출입하면 안 되었다. 출산한 집에 치는 금줄은 부정을 타지 말라는 주술적 의미만 있는 것은 아니었다. 출입을 삼가면서 신성한 생명의 탄생을 축하하고, 면역력이 약한 신생아를 외부와 차단함으로써 질병에 노출되지 않도록 하겠다는 지혜가 담겨있기도 했다.

금줄을 만드는 갖가지 부속물에는 나름대로 깊은 뜻이 있었다. 우선 새끼를 꼬는 짚은 쌀을 결실하도록 하는 줄기이므로 힘을 상징한다. 화폐를 상징하는 흰 종이는

부자로 잘 살라는 뜻과 신에게 바치는 공물이라는 의미가 있다. 또 밤에도 눈에 잘 띄기 때문에 사람들이 쉽게 식별할 수 있게 하기 위한 목적도 있다. 솔가지는 늘 푸르게 빛나는 '불변' 을 상징한다. 뾰족한 바늘의 형상을 한 솔잎은 사악함을 찔러 물리친다는 뜻도 지니고 있다.

고추는 남자를 상징한다. 또 붉은 색은 양색(陽色)이기 때문에 악귀를 쫓는 데 효험이 있다고 한다. 동짓날 팥죽을 끓여 벽에 뿌리거나 수령이 새로 부임할 때 길에 황토를 뿌리던 풍습 등이 이와 맥을 같이한다. 반대로 숯의 검은빛은 음색(陰色)으로 잡귀를 흡수하는 기능을 갖는다. 오래 땅에 묻혀있어도 썩지 않는 숯은 정화의 의미를 갖고 있다. 따라서 주변의 사악한 기운을 미리 흡수해 막아달라는 염원을 내포하고 있다.

금줄이 출산 뒤 대문에 내거는 용도로만 쓰인 것은 아니다. 근본적으로는 '신성한 곳' 또는 '신이 있는 곳' 이니 부정한 것이 들어 갈 수 없다는 뜻을 담고 있다. 즉 성(聖)과 속(俗)을 구분하는 경계에 걸어 두는 것이 금줄이다. 그래서 정월이나 음력 10월에 마을의 안녕을 위해서 지내는 동제 때는 금줄 치는 절차를 가장 중요하게 여겼다. 며칠 전부터 제주(祭主)가 사는 집과 동네어귀에 있는 서낭당, 느티나무 등에 금줄을 쳤다. 동제 때는 제주뿐 아니라 주민 모두가

몸과 마음을 정(淨)하게 하고 한해의 풍년과 가족과 이웃의 건강을 빌었다.

　금줄은 장독대에도 단골로 등장했다. 우리 식생활에서 된장·고추장·간장 등 장류의 중요성을 새삼 강조할 필요야 있을까. 장을 담글 때는 고추나 한지·숯을 끼운 금줄을 장독에 둘렀다. 한지로 오린 버선본을 거꾸로 붙이기도 했다. 우리 조상들은 장독을 단순한 옹기가 아니라 장맛을 내게 해주는 철륭신의 '신전(神殿)'으로 여겼기 때문이다. 그 밖에도 술 담글 때나, 마을의 공동우물 등을 청소하고 난 뒤 부정을 막기 위해, 또 가축이 새끼를 낳았을 때도 금줄을 쳤다.

20~30년 전만 해도 금줄을 보는 건 어렵지 않았다. 길을 지나다가도 금줄이 보이면 발을 멈추고 마음가짐을 정하게 했다. 서낭당에 쳐 있는 금줄을 보면서 아이들은 '침범하지 말아야 할 것'들의 존재와 '공동의 약속'에 대해 자연스럽게 깨우쳤다. 금줄은 함께 지켜야 할 금기를 정해놓고 깨지 말자고 약속하는 일종의 규약이었다. 과거에는 자율적으로 형성된 규약과 도덕이, 타의에 의해 강제되는 법보다 우선이었다. 그래서 금줄은 주민들 스스로 피워 올린 신성함과 존엄의 횃불이었다. 금줄을 만들기 위해 왼새끼를 꼬고, 그렇게 만든 줄을 약속한 장소에 걸쳐놓는 행위 하나하나가 엄숙한 의례였다. 소박한 금줄 하나에도 가르침을 녹여 넣어 스스로 경계할 줄 알았던 조상들의 지혜는 시대가 바뀌어도 그 빛을 잃지 않는다.

짚신
백성들의 발이 되고 친구가 되고

　"이게 어디 돈 벌겠다고 할 일인가? 배우지 못하고 그나마 아는 게 이 짓이 니……."

　전남 순천에서 만난 짚신장이 김정각(2008년 현재 76세) 노인은 돌부처처럼 무심한 얼굴로 짚신 삼는 일을 이야기한다. 그 와중에도 노인의 손과 발은 잠시도 쉬지 않는다. 두 엄지발가락에 새끼줄을 걸어 팽팽하게 당기고 짚을 끼워 넣고……. 짚신 바닥을 삼을 땐 대개 신틀을 사용하는데 노인에게는 허리에서 두 발까지가 훌륭한 신틀이다.

　"이런 일은 그저 잠깐 구경이나 하고, 젊은 사람들은 돈을 많이 벌어야 돼. 공부 도 많이 하고……."

　"그래도 어르신 하시는 일이 얼마나 귀한 일인데요. 이제 어디 이런 거 할 줄 아 는 사람들이 있나요?"

"허긴 그렇지. 우리네가 죽으면 누가 이런 걸 하겠나. 요즘 젊은이들이야 가르쳐 줘도 못하는 일이니……."

노인의 시선이 잠시 허공에 머무르는가 싶더니 잘 간추린 짚을 한 가닥 빼어서 던져준다.

"이걸로 지금 내가 들고 있는 걸 한번 꼬아봐."

짚신을 삼는 부속품인 신총을 균일하게 꼬아놓았는데 얼마나 정교한지 보통 숙달되지 않고는 흉내도 못 낼 것 같다. 아무리 애써 봐도 모양이 안 나온다. 노인이 오목한 볼로 헐헐 웃는다.

"대학은 나왔는가?"

"예."

"그럼 됐어. 대학 나온 사람은 그런 거 못해도 돼."

노인의 평생 한은 배움과 돈에 있는 게 분명하다.

"짚신 하나 삼는 것도 쉬운 일은 아니여. 이 짚의 길이가 조금이라도 길거나 짧으면 제대로 만들어지지 않는 거여. 균형이 척하고 맞아떨어져야 된다는 거지. 세상에 거저 되는 일이 있던가?"

노인의 말이 짚신을 신는 것에 대한 것인지, 세상살이를 일컫는 것인지 아리송하다. 사는 게 그렇지 않던가. 길거나 짧지 않게, 넘치거나 부족하지 않게 균형을 맞추는 것이야말로 진정 풀기 어려운 숙제인 것을. 이 얘기 저 얘기 끝에 비슷한 일을 하는 한 노인의 근황을 묻는다.

"그 양반 버~ㄹ써 가셨어."

머지않은 날에 다가올 자신의 앞날이 눈에 보이기라도 하듯, 한 사람의 죽음을 알리는 노인의 목소리에 허무가 백태처럼 끼어있다. 그 허무가 제멋대로 번식하더니 시퍼렇게 멍든 가을 하늘을 가득 채운다. 그래, 그렇지. 한때 꽃처럼 피어나던 것들은 서둘러 저물고, 눈 깜짝할 새 세상을 떠난다. 따라다니는 발걸음보다 사라지는 것들이 늘 한발 먼저다. 사람도 사물도 마찬가지다. 찾아가 소재를 물으면 고개를 내젓기 일쑤다. 평생 지푸라기와 함께 살아온 한 사람은 떠나고, 떠난 이의 소식을 듣는 나그네의 가슴은 허허롭다.

짚신은 볏짚으로 삼은 신발이다. 물론 지금은 그걸 신는 사람이 없으니 신발이라기보다는 장식물쯤으로 전락해버렸다. 짚신이 제 자리를 찾아 발에 신겨진 것을 볼 수 있는 건, 사극이나 격식 차린 장례식 또는 농악놀이·풍어제·굿거리밖에 없다.

하지만 짚신만큼 이 땅의 백성들과 오랜 인연을 가진 것도 드물다. 기록에 의하면 짚신의 역사는 약 2천여 년 전 마한시대까지 거슬러 올라간다고 한다. 요즘이야 각종 소재로 만든 신발이 가득하고, 그나마도 조금 신다 싫증나면 아낌없이 버리는 세상이라 짚신 같은 게 소중해 보일 리 없지만, 과거에는 누가 뭐래도 신발의 제왕이었다. 조선시대만 해도 대부분의 백성들은 짚신을 신었다. 짚신의 장점은 재료가 되는 짚을 가까이서 쉽게 구할 수 있고, 별다른 도구가 없어도 쉽게 만들 수 있다는 데 있다. 물론 높은 벼슬아치와 부자들은 비단이나 가죽으로 만든 태사신(남자)이나 당혜·운혜(여자)를 신기도 했겠지만, 어느 시대나 볕뉘를 쪼일 수 있는 사람은 소수에 그치는 법이다. 그러니 속절없이 떠도는 나그네나 과거를 보러가는 선비, 이 장 저 장 떠도는 장사치들을 상징하는 게 짚신이 되었음은 당연한 일이다.

조선시대 백성들은 어지간하면 짚신을 만들 줄 알았다. 머슴들은 겨울이면 사랑방에 모여앉아 새끼를 꼬거나 짚신을 삼았다. 그러나 농사를 짓지 않는 한양 도성에서는 짚신을 사서 신었기 때문에 신발을 파는 가게가 따로 있었다. 이런 가게에 짚신을 공급하는 이들은 늙거나 병들어 농사일을 할 수 없는 사람, 또는 바늘 하나 꽂을 땅도 없는 사람들이었다. 값이 쌌기 때문에 짚신을 삼아 돈을 번다는 건 애당초 꿈꾸기 어려웠지만, 그나마 입에 풀칠이라도 하기 위한 수단으로 비교적 손쉬운 게 짚신삼기였다. 짚신전은 보통 길목 주막거리에 있기 마련이었다. 나그네들은 주막에서 국밥 한 그릇과 막걸리 한 잔으로 허기를 끄고 짚신전에서 신발을 바꿔 신고 다시 길을 떠나고는 했다.

짚신 한 켤레가 만들어지기 위해서는 여러 단계를 거쳐야 한다. 새끼줄을 가늘고 길게 꼬는 것이 맨 첫 번째이고, 이렇게 만들어진 네 개의 줄을 신틀에 걸어(신틀 대신 허리에 매고 두 엄지발가락에 걸기도 한다) 한 매듭씩 신을 삼고 이를 곱게 다듬어 뒤축을 앉힌다. 그 다음 총과 돌기총을 꿰고 앞축에 짚을 꼼꼼히 감아서 골을 메운 뒤 망치 같은 것으로 때려 모양을 잡는다. 매듭으로 크기를 조절할 수 있도록 한다. 신이 다 만들어지면 10켤레씩 둥그렇게 묶는데 이를 한 죽이라 한다.

짚신의 숨겨진 미덕은 구별이나 차별을 하지 않는 데 있다. 우선 크기의 차이만 있지 여자용 남자용을 구별하지 않는다. 총을 가늘게 해서 곱게 만드는 여자용이 아주 없는 것은 아니지만, 일반 사람들에게는 그리 중요한 요소가 아니었다. 이 구별이 없는 원칙은 노인과 젊은이, 양반과 상인의 짚신이 다르지 않다는 것으로도 확인된다. 아이들의 것은 신총에 물감을 들여주기도 했지만 이것 역시 일부의 호사일 뿐이었다. 왼쪽과 오른쪽의 구별도 없었기 때문에 그저 발에 닿는 대로 꿰면 그만이었다.

짚신은 적당히 신다 버려도 별로 아까울 게 없는 물건이었다. 오죽하면 '짚신도 짝이 있다' '헌신짝

버리듯 한다'는 말로 '하찮은' 것의 대표로 여겼을까. 하지만 옛사람들은 그런 짚신도 그냥 버리지 않았다. 신다가 떨어져 못 쓰게 되면 거름으로 만들어 새 생명을 키우는데 썼다. 그런 사례를 적어놓은 기록도 있다. 조선 중기의 문인 허균은 농사법에 관한 정보를 수록한 교양서 〈한정록(閑情錄)〉에서 "버리는 짚신을 외양간에 넣어 소의 똥오줌에 썩혔다가 마늘을 심는데 거름으로 넣으면 마늘이 굵게 자란다."고 소개하고 있다.

신이 닳아서가 아니라 싫증이 나서 버리는 요즘, 그런 이야기야말로 별 실감이 나지 않는다. 이젠 누구도 짚신을 그리워하지 않는 시대를 살고 있다. 그러다 보니,

짚신을 삼는 기술도 맥이 끊어질 처지에 있다. 몇몇 동네에서 아직도 짚신을 삼아 팔지만, 그 역시 젊은이들의 손으로 이어질 일은 아니다. 안타깝고 아쉬운 일이다. 누구의 발에도 짚신이 신겨져 있지 않지만, 가시밭길을 함께 걸어오면서 쌓은 정은 아직도 우리네 핏속을 흐르고 있을 거라는 믿음을 버리고 싶지 않기 때문에…….

지게 한 사내의 죽음이 전설로 남아

　'징구'가 언제 아이의 마을에 나타났는지 정확하게 기억하는 사람은 없었다. 어른들에게 물어봐도 고개를 절레절레 저을 뿐이었다. 어느 날인가 물처럼 슬그머니 흘러들어와 자연스럽게 마을의 구성원이 되었다는 게 들을 수 있는 대답의 전부였다. 전에는 마을마다 조금 모자라거나 넘쳐버린 사람들이 한둘씩은 있었다. 하지만 그런 사람들도 배척당하지 않고 마을의 일원으로 어울려 살았다. 아니, 그런 사람들이 있어서 마을 사람들 간에 조화가 이뤄졌다. 좀 부족한 사람도 자기보다 못났다고 생각되는 대상이 하나쯤은 있어야 마누라 앞에 기를 펴고 사는 법이니까.

　징구도 그렇게 조금 '모자란' 사람 중의 하나였다. 원래 이름은 진구였겠지만 누구나 징구라고 불렀다. 어른들은 예우를 해준다고 "여게, 징구~"하고 불렀지만 철없는 아이들은 "징구, 징구" 놀리기도 했다. 그래도 그가 화를 내는 걸 본 사람은 없었다. 나이조차 알지 못했다. 본인에게 물으면 손가락 다섯 개를 하나씩 꼽고는 했는데 그게 다섯 살이라는 건지, 쉰 살이라는 건지 확인할 방법은 없었다. 누가 "다섯 살?"하고 물어도 고개를 끄떡였고 "쉰 살?"하고 물어도 바로 그게 정답이라는 듯이 끄떡거렸다. 어른들은 이미 쉰 고개를 넘어 예순은 됐을 거라고들 했다.

징구는 언제나 지게를 지고 다녔다. 마치 태어날 때부터 지게와 한몸이었던 것 같았다. 어느 땐 사람은 안 보이고 높다란 나뭇짐만 보여서 지게와 짐이 걸어가는 것처럼 보이기도 했다. "징구는 잘 때도 지게를 지고 잘 것"이라는 우스갯소리가 있을 만큼 늘 지게가 등에 붙어 있었다. 그는 동네에 없어서는 안 될 일꾼이었다. 나이를 먹었어도 힘이 장사인지라 어지간한 사람 두 배 이상의 짐을 졌다.

어느 집에 소속된 머슴이 아니었기 때문에 누구라도 일손이 필요하면 그를 불렀다. 그는 마을 초입의 쓰러져가는 오두막에서 살았는데, 날이 밝으면 빈 지게를 지고 마을 앞을 어슬렁어슬렁 지나갔다. 먼저 본 사람이 불러 세워 아침밥을 내놓으면 그날의 고용계약이 성사되는 것이었다. 반찬이 있든 없든, 밥 한 그릇을 마파람에게 눈 감추듯 뚝딱 해치운 다음에 일을 시작했다. 두엄을 내는 일이면 다 낼 때까지, 땅을 파는 일이면 다 팔 때까지 쉬는 법이 없었다. 나무를 해오라면 집채인지 나뭇짐인지 구별이 안 갈 만큼 큰 짐을 지고 산에서 내려왔다. 장에 쌀을 낸다거나 먼 곳에서 물건을 사올 때도 그를 불러 동행하고는 했다. 배만 채워주면 꾀를 부리는 일이 없었기 때문에 마을 사람들에게는 더할 나위 없이 소중한 존재였다.

일이 끝난 뒤에도 푸짐하게 푼 고봉밥 한 그릇이면 더 바랄 게 없었다. 이 빠진 사발에 막걸리라도 한 잔 곁들여주면 세상이라도 얻은 듯 입이 찢어졌다. 그렇게 얻어먹은 다음 지게를 지고 뚜벅뚜벅 집으로 돌아가고는 했다. 좀 모자란다고는 하지만,

어느 한 집에 머슴으로 들어가면 새경도 꽤 받고 사랑방 하나 차고앉는 건 어렵지 않으련만 그는 그걸 거부했다. 매이는 것 자체를 본능적으로 싫어하는 것 같았다. 그러다 보니 마을 사람 모두 그를 공동머슴으로 여길 뿐, 독차지하려 하지 않았다.

농촌에서 가장 바쁜 가을걷이가 끝난 뒤에야 그는 며칠씩 동네를 비웠다. 추수가 끝나면 징구에게 일을 시킨 집들은 몇 푼씩 추렴해서 그에게 전했다. 그리고 새 옷을 한 벌 사 입혔다. 옷을 얻어 입은 다음날이면, 그는 온다간다 소리 없이 마을을 떠났다. 그리고 며칠 뒤에 텅 빈 얼굴로 마을에 들어섰다. 누가 어디에 다녀오느냐고 물어도 그냥 씨익 웃을 뿐 대답이 없었다. 궁금한 것도 한두 해지, 나중에는 돈이 생겼으니 어디 가서 술이라도 마시다 왔겠지 짐작할 뿐이었다. 그는 다른 건 욕심내는 법이 없었지만 술만큼은 밤을 새우는 것도 마다하지 않았다.

지게와 한몸처럼 살아서인지, 징구는 지게를 만드는데도 남다른 솜씨를 지니고 있었다. 동네 사람들의 지게를 도맡다시피 만들었다. 징구가 지게 만드는 걸 옆에서 지켜보고 있노라면, '모자라다'는 표현이 낯설 만큼 정교한 솜씨에 혀를 내두르기 마련이었다. 지게의 몸체는 주로 소나무로 만든다. 그 몸체를 서로 연결시켜 주는 가로의 이음목(세장)은 밤나무 같은 단단한 나무를 깎아 사용한다. 지게의 몸체는 보통 가지가 Y자로 뻗은 나무 두 개로 만든다. 가지는 튼튼하면서도 크기나 방향이 같아야 한다. 나무가 있다고 해서 지게가 금방 만들어지는 것은 아니다. 말리고 틀을 잡고 깎는 시간이 필요하다. 그래서 그가 사는 오두막에는 지게를 만들려고 준비해 둔 나무가 항상 두세 짝씩 기다리고 있었다. 나무가 다 마르면 몸체 두 개를 A자형으로 세운 뒤 양쪽 옆에 3~4개의 홈을 파고 이음목을 박아 고정시킨다. 그런 다음

짚으로 멜빵을 꼬아서 맨 위의 이음목과 지게 발목에 걸어준다. 등이 닿는 부분에는 짚으로 엮은 등받이(등태)를 단다. 이 때 지게 전체의 균형과 멜빵의 길이 등 모든 요소가 맞아떨어져야 지게를 진 사람의 몸에 척 붙어 힘이 덜 든다. 여기에 작대기와 바지게가 갖춰지면 지게 한 세트가 완성되는 것이다.

아이는 징구를 할아버지처럼 따랐다. 그도 아이를 무척 좋아했다. 일을 하다가도 아이를 보면 찔레도 꺾어주고 풀피리도 만들어주고 개구리도 잡아 구워줬다. 그럴 때 그의 얼굴은 한없이 행복해보였다. 그런 그가 어느 날 마을에서 사라졌다. 시름시름 앓던 장 부자네 부친이 세상을 떠난 날이었다. 그날은 몹시 추웠고 저녁때부터는 눈이 쏟아졌다. 징구는 그날따라 울음이라도 터트릴 것 같은 얼굴로 마당에 앉아, 막걸리를 통째로 끼고 마셨다. 동네 사람들이 평소와는 다른 모습의 그가 걱정되어 여러 번 말렸지만 막무가내였다. 그리고 그날 밤 동네에서 사라졌다. 어떤 이는 그가 마을을 떠나 대처로 갔을 거라고 했고, 누구는 술에 취해 얼어 죽었을 거라고 했다.

그의 소식을 들은 건, 이듬해 나무마다 새싹을 내밀 무렵이었다. 그는 죽어 있었다. 대처로 나가는 지름길이긴 하지만, 사람들이 거의 다니지 않는 골짜기의 도랑에 엎드려 있는 걸 나무하러 갔던 동네 청년이 발견했다. 지게를 진 채 엎드려 있었다고 했다. 죽어서도 눕지 못하고 지게의 무게를 고스란히 진 채 겨울을 난 셈이었다.

그로부터 두어 해 뒤 어느 여름밤, 아이는 마당에 깔린 밀대방석 위에 누워 징구 얘기를 들었다. 어른들의 두런두런 하는 소리가 개구리 소리와 섞여있던 밤이었으니, 어쩌면 꿈이었을지도 모른다. "징구 그 사람이 그런 체해서 그렇지, 아주 터무니

없이 모자란 사람은 아니었어. 이북에 있을 때 어찌어찌 여자를 만나서 늦게 본 딸이 하나 있었다네. 전쟁 통에 그것 하나 지게 위에 얹어서 내려왔다는구먼. 남들 가니까 얼떨결에 따라 나선 건지……. 그 아이가 남의집살이를 하다 시집이라고 갔는데, 징구 이 사람이 1년에 한 번씩 딸을 보러 다녔던 모양이여. 동네에서 안 뵐 때가 그때였던 게지. 가긴 가도 제 모습이 딸한테 누가 될까봐 먼빛으로 바라만 보다 돌아오고는 했던 모양인데. 아, 그런데 글쎄, 그 해 겨울 그 딸내미가 애를 낳다가 그만……."

마장터
깊은 산골 너른 터에 장터가 있었네

    설악은 큰 산이다. 속초시와 양양·인제·고성군에 걸쳐 치마폭을 펼치고 있다. 그 너른 치마폭에는 온갖 것들을 품고 있다. 사람과 짐승과 나무, 바위, 바람……. 그리고 그 바람이 나르는 갖가지 이야기까지. 이야기는 누군가의 손으로 기록이 되어 후세에 전해지기도 하지만 이곳저곳 떠돌다 어느 골짜기에 묻히기도 한다. 특히, 풀처럼 흔들리다 떠나간 민초들의 이야기는 늘 불임(不姙)이다. 그들의 이야기는 기록이라는 자식을 잉태하지 못한다. 결국 기억하고 구전(口傳)하는 사람들이 세상을 뜨면 억새처럼 홀로 서걱거리다 스러져간다.

    이 나라 최고의 오지 중 하나인 마장(馬場)터가 그렇다. 역사에 기록 한 줄 못 남기고 입을 통해서만 전해지다가 흔적을 조금씩 지워나가고 있다. 그 빈자리엔 바람과 새소리가 무심하다.

    마장터. 강원도 인제군 북면 용대리에서 고성군 토성면 도원리로 넘어가는 길,

샛령(641m)에 있던 산중 마을의 이름이다. 샛령이 시작되는 용대3리는 미시령과 진부령의 갈림길에서 미시령쪽으로 조금 올라가면 만날 수 있는 동네다. 박달나무 쉼터라는 간판을 어렵지 않게 찾을 수 있는데 여기서부터 길이 시작된다. 보통 대간령(大間嶺), 새이령으로 표기되지만 이곳 사람들은 샛령으로 부른다. 이 고개는 6·25 전까지만 해도 진부령과 미시령보다 오가는 사람이 많았다고 한다. 인제에서 고성으로 넘어가는 가장 짧은 코스였기 때문이다. 그러다 1970년대 진부령과 미시령이 포장되면서 잊혀져가는 길이 되었다.

박달나무 쉼터를 끼고 조금 가면 수정 같은 물이 흐르는 내가 나오고 자유분방하게 흩어진 돌무더기를 의지해서 내를 건너면 군(軍)훈련장이 있다. 그 옆길을 끼고 돌면 샛령이 시작된다. 옛길은, 이제 들을 사람 없는 옛이야기를 베개 삼아 숲 사이로 게으르게 드러누웠다. 비록 흐릿하지만, 길을 한번 잡으면 잃을 염려가 없기 때문에 산이 그리 낯설지 않은 사람은 소풍을 가는 셈치고 올라가면 된다. 입산이 금지된 지역이라 오가는 사람이 거의 없다. 부드럽고 원만한 길이 오래된 넥타이처럼 구불구불 이어진다. 잠시 한눈을 팔다, 길을 잃었나 싶어 허둥거릴 무렵이면 금세 눈앞에서 손짓한다.

길은 내를 오른쪽 혹은 왼쪽으로 교대로 끼고 이어진다. 숲은 아름답다. 나뭇잎들이 손을 흔들고, 그 사이를 다람쥐가 곡예 하듯 오간다. 길가에 야생화들이 도열해 있다. 도시는 아직 여름의 화장을 지우지 못했는데 숲은 벌써 가을을 품고 있다. 나무들은 옷 갈아입을 준비에 분주하다. 어차피 오라는 이도 가라는 이도 없는 산행, 천천히 걷기로 한다. 그러다 개울의 유혹에 못 이겨 결국 주저앉는다. 계곡은 푸른 이끼의 세상이다. 이끼도 군집을 이루면 저렇게 장엄한 것을. 거울처럼 맑은 냇물 속에 나무와 새와 바람이 들어있다. 개구리 한 마리가 움찔도 않고 틈입자를 노려본다. 나는 이 숲에서 얼마나 이질적인 존재인가. 이 숲의 주인은 내가 아니라 이들이다. 자주 잊어버릴 뿐…….

걷다가 쉬다가 하늘 한번 바라보다, 40분쯤 걸었을까. 지금까지와는 달리 경사가 급해진다. 숨이 턱에 닿을만하니 고갯마루가 나타난다. 작은샛령(소간령)이다. 이 고개를 넘어서면 마장터가 시작된다. 갑자기 숲의 풍경이 달라진다. 하늘을 찌를 듯한 낙엽송(일본잎갈나무)이 빽빽하게 키를 자랑한다. 난데없이 나타난 낙엽송은 1970년대 초반 화전민 정리 사업을 한다고 살던 사람들을 쫓아내고 그 자리에 심은 것이라고 한다. 나무가 살던 곳에 사람이 살더니, 사람이 살던 곳에 나무가 살고 있다.

그런 사연은 아랑곳없이 낙엽송 샛길은 어머니 품처럼 포근하고 향기롭다. 한참을 내려가니 개활지(開豁地)가 펼쳐진다. 깊은 산 속에 이렇게 넓은 곳을 마련해둔 건 누굴까. 청송 주왕산의 내원마을에서 토해냈던 것과 똑같은 감탄사가 흘러나온다. 여름을 나느라 지친 잡초 사이로 '마장터'라고 쓴 안내판이 숨어 있다.

순간적으로 길을 잃어버린다. 아니, 스스로 길을 버리고 억새 숲으로 스며든다. 이리저리 걷다보니 집 한 채가 눈에 들어온다. 기대했던 귀틀집은 아니다. 누군가의 별장(?)으로 지어놓은 듯 제법 번듯하다. 아무도 없다. 발걸음을 돌려 다시 억새 숲을 헤맨다. 억새가 뜸해질 무렵 드디

318

어 귀틀집 두어 채가 눈에 들어온다. '여기 마장터가 있었다.'고 웅변하는 존재들이
다. 그래도 이곳에 장이 섰다는 사실은 실감하기 어렵다.

　마장터라는 이름은 샛령을 넘던 말이 쉬어가는 마방과 주막이 있었다는 데서 비
롯됐다. 고성이나 속초에서 소금이나 미역을 지게에 지거나 마차에 실어 샛령을 넘
어오고 인제 쪽 사람들은 감자나 옥수수, 잡곡 등을 가져와 맞바꾸다보니 자연스럽
게 장이 서고 동네가 생겼다. 많을 땐 50가구 이상이 살았으며 양조장과 담배포가

있을 정도로 번성했다고 한다. 마꾼들이 쉬어갔다는 주막터가 아직 남아있다.

갈대밭과 귀틀집을 바라보다 보니 그 옛날에 오가던 사람들의 소리가 들리는 듯하다. 장터에서 물건을 흥정하고 한두 잔 먹은 막걸리에 홍타령이 절로 나오고……. 먼저, 위에 있는 귀틀집으로 가본다. 집은 비어 있다. 서너 칸은 돼 보일 정도로 규모가 있다. 굵은 통나무를 엇갈려 쌓고 흙으로 마무리한 전형적인 귀틀집이다. 지붕은 굴피를 덮고 그 위에 다시 억새로 이엉을 엮어 얹었다. 굴피와 억새의 공존, 그리 어색하지 않다. 뒤뜰로 가보니 뒷간과 헛간이 옹기종기 서 있다. 텃밭에는 고춧대와 채소들이 서거나 눕거나 제멋대로 한 계절을 나고 있다.

집 주위를 돌아보지만 역시 사람의 온기는 없다. 내를 따라 내려가다가 혹시나 해서 아랫집으로 들어선다. 아! 사람이 있다. 손바닥만 한 마당에 앉아있던 중년 남자가 눈인사로 객을 맞는다. 모자 아래로 보이는 머리는 백발인데 얼굴은 대춧빛으로 빛난다. 어디서 본 얼굴이다. 맞다. 초입에서 길을 물을 때 잠깐 만났던 박달나무 쉼터의 주인 염봉성씨(2008년 현재 56세)다. 그는 자신을 약초꾼으로 소개한다. 동충하초를 세상에 최초로 알린 게 본인이라고 자랑한다. 길 잃은 등산객에게는 구세주나 다름없는 '고마운 아저씨'로도 알려져 있다. 등산객이 올라가는 걸 봤는데 시간이 돼도 내려오지 않으면 결국 찾으러 나선단다. 조난 직전에 구조한 경우도 많다고 한다.

그에게서 마장터 사람들 이야기를 듣는다. 윗집에는 50대의 백모씨가 산다. 명문대 출신인 그는 한때 간첩으로 몰리기도 했는데 외국을 떠돌다 돌아온 뒤 마장터로 들어왔다. 마장터에 정착해서도 어느 날 훌쩍 떠났다가 돌아오는 습관은 여전하다고 한다.

그리고 아랫집에는 60대의 정모씨가 산다. 사실 마장터의 이 두 주민은 그동안 몇 차례 세상에 소개된 유명인사다. 정씨 집 역시 귀틀집인데 지붕은 파란 함석으로 '개량'하고 통나무와 돌을 얹었다. 정씨는 젊어서 산에 들어왔는데 철따라 약초꾼, 나물꾼으로 살다가 겨울이 되면 가족이 사는 속초로 간다. 겨울이 아니더라도 매달 말에서 다음 달 초 사이에는 '결산'을 하러 속초로 나간단다. 염봉성씨는 정씨와 가깝게 지낸다. 그래서 주인이 있든 없든 자기 집 드나들듯 한다. 그는 정씨가 집에 없는 게 영 아쉬운 눈치다.

"방을 보여드리면 좋을 텐데 지금 열쇠가 없어서…… 재미있는 게 참 많거든요."

전기도 들어오지 않고 휴대전화도 터지지 않는 마을 아닌 마을, 그 속에 삶터를 꾸민 사람들은 문명을 버린 대신 평화와 정(情)을 선택한 것 같다. 염봉성씨가 배낭에서 주섬주섬 막걸리 병을 꺼내더니 한 잔 그득하게 따라준다. 정이 철철 넘쳐흐른다. 그가 품은 평화로운 기운이 내게 그대로 전해진다.

"산에 오래 사시더니 도인이 다 되셨네요?"

절대 빈말이 아니다.

멧돼지가 많으니 조심해서 내려가라는 염봉성씨의 배웅을 받으며 하산 길에 든다. 올라올 때 길옆을 잔뜩 파헤친 것을 보며 궁금했는데 그 주인공이 멧돼지? 괜히 등골이 오싹해진다. 하지만 멧돼지는 금방 잊어버리고 가벼운 마음으로 산을 내려온다. 잠시 주저앉아 땀을 들이는 김에, 지고 온 캔맥주를 꺼내 배낭을 비우고 주변의 풍경을 대신 담는다.

이 순간만은 그 무엇도 부럽지 않다. 이곳을 삶터로 삼고 또 이곳에서 물건을 교환하던 사람들의 이야기가 여전히 귀에 들리는 것 같다. 그들은 욕심 따위는 부리지 않았을 것이다. 늘 주어진 삶을 감사하며 살았을 것이다. 어쩌면 이곳에 이상적인 나라 하나가 세워졌다가 사라졌는지도 모른다. 왕이나 대통령 같은 권력자가 필요 없는…… 그래서 세금도 병역도 전쟁도 없는……. 잠시 그 나라의 백성이 되어 행복한 미소를 지어본다.

누군가의 소망으로 태어난 길은, 문명의 척후병이 되어 속도와 번잡을 껴안든가, 어느 순간 망각 속으로 들어가 세상에서 지워지기도 한다. 샛령은 후자가 되었다. 그나마 안부를 묻듯 찾아오는 사람들마저 사라지면 마장터라는 이름은 끝내 잊혀져 갈 것이다. 내려오는 길, 풍경을 조금이라도 더 눈에 담으려 자꾸 두리번거린다.